EX LIBRIS

Aus der Bibliothek von:

Die drei !!!

Petra Steckelmann

Die drei !!!

# Skandal auf der Rennbahn

Kosmos

Umschlagillustration von Natascha Römer-Osadtschij, Schwäbisch-Gmünd
Umschlaggestaltung von Friedhelm Steinen-Broo, eSTUDIO CALAMAR



Weitere Bände dieser Reihe siehe S. 144

MIX
Papier aus verantwortungsvollen Quellen
FSC® C014138

Gedruckt auf chlorfrei gebleichtem Papier


ISBN 978-3-440-13634-8

Redaktion: Silke Arnold
Produktion: DOPPELPUNKT, Stuttgart
Printed in the Czech Republic/Imprimé en République tchèque

Die drei !!!

# Skandal auf der Rennbahn

# Albtraumferien?

Franzi sah Kim schon von Weitem an, dass sie etwas bedrückte. Sie ging mit hängenden Schultern auf das *Café Lomo* zu. Franzi legte einen Zahn zu und sauste mit ihren Inlineskates direkt auf Kim zu. Als Kim gerade die Tür öffnete, rief Franzi ihr zu:
»Hey, Kim, was ist denn mit dir passiert? Haben dir Ben und Lukas Steine in die Tasche gepackt? Oder noch schlimmer: stinkende Kröten?«
So ganz unwahrscheinlich war das noch nicht mal. Bei all den verrückten Sachen, die die beiden 10-jährigen Zwillinge schon angestellt hatten, wäre auch das möglich gewesen. Kim zuckte zusammen, als Franzi neben ihr zum Stehen kam.
»Herrje, hast du mich erschreckt.«
»Keine Steine in der Tasche, stimmt's? Los, erzähl schon! Was ist Schreckliches passiert, dass du so ins *Lomo* schleichst?«
»Ach«, winkte Kim ab. »Lass mich erst einmal einen *Kakao Spezial* trinken. Unser Lieblingsgetränk zaubert bestimmt in null Komma nichts ein Lächeln auf meine Lippen. Und wenn das nichts hilft, tut es bestimmt ein Dutzend Muffins.«
Dass Kim Süßem nicht widerstehen konnte, wusste Franzi. Aber musste es gleich ein Dutzend sein? Sonst brauchte Kim nur dann besonders viel Nervennahrung, wenn ein Fall zu lösen war. Aber der Detektivclub, den Kim ins Leben gerufen hatte, hatte schon seit ein paar Wochen keinen Fall mehr.

Ob das an Kims Nerven zerrte? Dass kein neuer Fall für die drei !!! in Sicht war? Und das so kurz vor den Sommerferien.

Kim steuerte ihren Stammplatz, das Sofa in der Ecke, an und kauerte sich seufzend in die Polster.
Franzi ließ sich lässig neben Kim aufs Sofa fallen, zog ihre Inlineskates aus und schlüpfte in ihre Turnschuhe.
»Für mich auch einen *Kakao Spezial*, bitte«, nuschelte sie der Kellnerin zu, während sie die Schuhe zuband.

»Findet die Sitzung heute unter dem Tisch statt?«, fragte Marie, die jetzt ebenfalls im *Café Lomo* auftauchte. Sie beugte sich zu Franzi und zwinkerte ihr zu. Ihre langen blonden Haare hielt sie elegant mit den Fingerspitzen zurück, damit diese nicht wie ein Vorhang vor ihr Gesicht fielen.
Franzi starrte auf Maries Schuhe. Wow, dachte sie, die sehen mehr als unbequem aus. Dann rappelte sie sich hoch und staunte noch mehr.
»Marie«, hauchte sie und hielt sich die Hand vor den Mund. Sonst hätte sie auf der Stelle losgekichert.
»Gefällt dir mein neuer Lidschatten etwa nicht? Glaub mir, das ist *die* Trendfarbe des Sommers.«
»Schwarz ist keine Farbe«, sagte Franzi trocken. »Du siehst aus, als wärst du zu den Satanisten übergelaufen.«
»So ein Quatsch.« Marie schüttelte den Kopf, setzte sich mit übereinandergeschlagenen Beinen zu Franzi und Kim aufs Sofa und wippte lässig mit dem linken Fuß. »Keiner dieser abgedrehten Gruftis würde jemals solche Schuhe tragen.«
Stimmt, dachte Franzi. Pinkfarbene Clogs mit Efeuranken

aus schwarz funkelnden Strass-Steinen wären bestimmt nicht der letzte Schrei in der dunklen Szene. Eines musste sie Marie lassen: Egal wie schrill ihr Outfit manchmal auch war, es war nie langweilig und erfüllte stets die neusten Modestandards.

»Na, wie auch immer. Zumindest scheinen diese Clogs einen Siebenmeilenstiefelmodus zu haben. Du warst doch noch nie pünktlich!«, stichelte Franzi.

»Witzig.« Marie zog die Nase kraus. »Ich hatte ausnahmsweise mal keine Termine. Das ist alles. Schauspielunterricht war gestern, Gesangsunterricht fiel aus, weil die Lehrerin schon frühzeitig die Sommerpause eingeläutet hat, und …«

»Schon gut, schon gut.« Franzi wollte gar nichts mehr hören. Marie war pünktlich zum verabredeten Zeitpunkt erschienen und das allein sollte reichen. Es hat in der Vergangenheit eh schon genügend Diskussionen um Maries viele Aktivitäten gegeben, die sie immer wieder davon abhielten, pünktlich zu den Treffen der drei !!! zu erscheinen.

»Zurück zu dir, Kim. Was ist los? Du machst ein Gesicht wie hundert Tage Regenwetter. Jetzt mach deinem Ärger schon Luft«, forderte Franzi Kim auf.

Kim nippte an ihrem Kakao, holte tief Luft und zog dann einen Prospekt aus ihrer Tasche. Wortlos legte sie ihn auf den Tisch.

»Was ist das?«, fragten Franzi und Marie gleichzeitig.

*»Sunny Times?«*, las Marie vor und fragte noch einmal: »Was ist das?«

»Sprachferien in England. Das ist das. *Sunny Times* bietet

deutschen Schülern die Möglichkeit, auch in den Ferien die Nase in Bücher zu stecken. Toll, was?« Kims Stimme klang genervt. »Meine Mutter hat mich dazu verdonnert, weil ich in der letzten Englischarbeit eine Vier geschrieben habe.«
Nachdem Kim den letzten Englischtest vor den Sommerferien vergeigt hatte, wedelte Frau Jülich nun bei jeder passenden und unpassenden Gelegenheit mit der Broschüre des Sprachreiseunternehmens vor Kims Nase herum. Als Grundschullehrerin gingen ihr gute Noten über alles. Erfolgreicher Detektivclub hin oder her – so konnte es nicht weitergehen! Die deutlichen Worte ihrer Mutter hallten Kim jetzt noch in den Ohren.
»Ich werde meine Sommerferien also mit Unterricht verbringen«, sagte sie frustriert, nahm einen großen Schluck Kakao und nuschelte dann leise: »So was Doofes.«
»Hey, das ist doch klasse«, rief Marie überzogen fröhlich und sprang auf. »Ich komme mit! Ich konnte mich sowieso noch nicht entscheiden, was ich in den Sommerferien machen soll. Mein Vater hat vorgeschlagen, dass wir gemeinsam …«
»Marie Grevenbroich, egozentrisch wie eh und je«, unterbrach Franzi und wünschte, sie hätte sich rechtzeitig auf die Zunge gebissen. »Tut mir leid, Kim, ich wollte nicht schon wieder damit anfangen.« Sie wusste, wie sehr Kim die ewigen Sticheleien zwischen Marie und ihr auf die Nerven gingen. Zu Marie gewandt presste sie kleinlaut ein »'tschuldigung« hervor.
»Ach, ist doch egal«, winkte Marie großzügig ab. »Hey, wäre es nicht toll, wenn wir alle drei gemeinsam fahren würden?«
Kim und Franzi sahen sie verwundert an.

»Du weißt doch genau, dass meine Eltern nicht so viel Geld haben. Wovon sollen sie denn eine so teure Sprachreise bezahlen?«

Marie ignorierte sie und plapperte munter weiter. »Nicht sie sollen die Reise bezahlen, sondern du!«

»Ich?« Franzi verschluckte sich beinahe an ihrem Kakao.

»Wenn du überhaupt Lust hast, die Ferien mit Kim und mir am Strand in England zu verbringen!« Freundschaftlich legte Marie den Arm um Franzi und sah sie aufmunternd an.

»Ferien auf der Schulbank!«, erinnerte Kim und verdrehte die Augen.

»Ach, das bisschen Lernen, das sitzen wir doch auf einer Backe ab.« Marie schilderte in den schillerndsten Farben, wie sie sich den Urlaub in England vorstellte. »Disco, Cafés und jede Menge Spaß. Langweilig wird uns bestimmt nicht«, garantierte sie zum Abschluss.

»Und woher willst du das wissen? Immerhin geht es hier um Sprachferien. Das heißt büffeln bis zum Umfallen!« Kim schnaubte verächtlich.

»Och, der Unterricht ist doch nur so was wie ein Lockvogel, damit die Eltern ihren Kindern so eine Reise erlauben und sie bezahlen.«

»Womit wir wieder beim Thema Geld wären«, stöhnte Franzi und zog ein langes Gesicht. »Für mich werden die Sommerferien in Billershausen stattfinden. Ein Besuch bei Oma Lotti sei genau das Richtige, findet meine Mutter. Das kostet auch nicht so viel«, schob Franzi nach. Und als Marie den Mund öffnete, wehrte sie schnell alles ab, was Marie noch hätte sagen können. »Vergiss es, Marie! Niemals zahlen meine Eltern das. Dafür sind meine Noten in Englisch nicht schlecht genug.«

»Nun hör mir doch mal zu!«, sagte Marie und strahlte Franzi an. »Wir haben für die Lösung unseres letzten Falles so viel Geld bekommen. Selbst wenn wir neue Möbel fürs Hauptquartier gekauft haben, bleibt immer noch genügend Geld übrig. Und außerdem …«

Jetzt war es Kim, die Marie ins Wort fiel. »Genau!«, rief sie und war mit einem Mal gar nicht mehr so niedergeschlagen. »Wir fahren alle zusammen! Los, Franzi, das wird schon! Und die Detektivausrüstung können wir später immer noch aufstocken!«

Franzi überlegte kurz. Die strahlenden Gesichter von Kim und Marie überzeugten sie.

»Aber wir brauchen dringend …«, versuchte Franzi ihren Wunsch nach einer Erweiterung der Detektivausrüstung ein letztes Mal vorzubringen.

»Papperlapapp! Wir sind so gut ausgerüstet. Da fehlt nichts, was wir dringend für unsere Ausrüstung bräuchten!«, beharrte Kim, der der Sprachaufenthalt in England zusammen mit ihren Freundinnen auf einmal gar nicht mehr wie blöder Schulunterricht vorkam. Das würde bestimmt lustig werden!

Franzi überlegte kurz und gab sich geschlagen. »Dann muss ich jetzt nur noch meine Eltern überreden.« Feierlich hob Franzi den Kakaobecher. »Lasst uns auf England anstoßen!«

Die Becher klirrten, der Kakao schwappte und Kim, Franzi und Marie strahlten sich an.

Munter durcheinanderredend verließen sie das *Café Lomo*. Kim war sicher, dass ihrer Mutter der Mund offen stehen bleiben würde, wenn sie ihr erzählte, dass sie sich jetzt doch auf die Sprachferien freute. Marie überlegte, ob sie ihren Vater einfach so vor vollendete Tatsachen stellen sollte. Und Franzi ging in Gedanken 1000 Argumente durch, die bei ihren Eltern einfach durchschlagen mussten.

Noch am selben Abend schaffte es Marie, ihren Vater von der Notwendigkeit des Spaß… äh, Sprachaufenthaltes an der englischen Südküste zu überzeugen. Ein neckischer Augenaufschlag und ein süßes Haarsträhne-um-den-Finger-Wickeln reichten aus, ihn dazu zu bringen, das Anmeldeformular auszufüllen. Noch ein zuckersüßes »Bitte, bitte« hinterher, und er legte auch noch ein saftiges Taschengeld obendrauf. Er konnte es sich ja auch leisten, seine Tochter nach Strich und Faden zu verwöhnen. Als erfolgreicher Darsteller des Hauptkommissars Brockmeier in der Vorabendserie *Vorstadtwache* verdiente er genug, um noch nicht einmal mit der Wimper zu zucken, als Marie auch noch auf einem neuen Sommeroutfit bestand. Da hatte sie für den Parisaufenthalt im letzten Jahr deutlich mehr Überzeugungskraft aufbringen müssen.
Franzi musste sich schon mehr einfallen lassen. Ihre guten Englischnoten gaben kein schlüssiges Argument her, um ihre Eltern zu überzeugen.
»Und wer kümmert sich um dein Pony Tinka? Und was ist mit Polly? Du weißt, dass deine Schwester Chrissie sich nicht drum reißen wird, dein hinkendes Huhn zu füttern, wenn

du weg bist. Stefan gibt dir bestimmt Nachhilfeunterricht in den Ferien, wenn du wirklich glaubst, nicht gut genug in Englisch zu sein«, schlug ihre Mutter stattdessen vor. Das hatte Franzi gerade noch gefehlt! In den Ferien gemeinsam mit ihrem älteren Bruder über den Büchern zu sitzen und Englisch zu pauken. So weit durfte es nicht kommen!
Franzi musste also tiefer in die Trickkiste greifen, um von ihren Eltern die Unterschrift für die Anmeldung zu bekommen. Aber ihr fiel beim besten Willen nichts ein. Außer dem einen: Sie versprach ihrer Mutter hoch und heilig, in Zukunft mehr für die Schule zu tun und weniger Detektivarbeit zu leisten. Dass sie bei dem letzten Versprechen die Finger hinter ihrem Rücken kreuzte, sah Frau Winkler zum Glück nicht.

Drei Wochen später war es so weit. Die Anmeldeformulare waren ausgefüllt und unterschrieben, die Reiseunterlagen angekommen und von Franzi, Marie und Kim genaustens studiert worden. Auch die Koffer waren längst gepackt.
Sie trafen sich, entgegen ihren Gewohnheiten, nicht im Hauptquartier der drei !!!. Sosehr Franzi, Kim und Marie ihren Detektivclub auch liebten, sie freuten sich schon drauf, nach dem letzten spektakulären Fall, den sie gelöst hatten, den Pferdeschuppen mit der blauen Kutsche mal für ein paar Wochen nicht zu sehen. Sie saßen in Kims Zimmer und malten sich aus, wie herrlich es sein würde, am Strand zu liegen und *Kakao Spezial* zu schlürfen – natürlich mit Eiswürfeln –, der mindestens genauso lecker sein würde wie im *Café Lomo*.

Sie waren bester Laune. Bis Marie den verheerenden Fehler machte, einen Tick zu neugierig zu werden.
Sie zupfte die sorgfältig zusammengelegten T-Shirts aus Kims Koffer, schüttelte den Kopf und sagte: »Mit diesem altmodischen Shirt angelst du dir aber keinen flotten Engländer!« Da entdeckte sie es: das Detektivtagebuch!
»Oh nein, das Ding bleibt hier!« Mit spitzen Fingern fischte sie das zerfledderte Heft, das Kim als Detektivtagebuch benutzte, wenn ihr der Computer nicht zur Verfügung stand, zwischen zwei rosa-grün gemusterten Tank-Tops hervor.
»Wir fahren in die Ferien! Südküste – England – Strand und Meer! Schon vergessen?«
»*Du* scheinst etwas vergessen zu haben«, blaffte Kim Marie an und stopfte Buch und T-Shirts zurück in den Koffer. »Erinnerst du dich an Paris? Na, klickert da was bei dir?« Kim sah Marie herausfordernd an. »Da wurde auch nichts aus unserem gemütlichen Einkaufsbummel über die Champs-Elysées. Stattdessen haben wir einen Schmuggler quer durch den Schlosspark von Versailles gejagt. Dieses Mal will ich vorbereitet sein. Nur für den Fall, dass ein neuer Fall auf die drei !!! wartet.«
»Oje, Kim!«, stöhnte Franzi. »Nicht an jedem Ferienort wimmelt es nur so von Gangstern und Ganoven. Es wird doch mal einen Urlaub ohne Verbrechen geben! Diesen Sommer machen wir einfach nur die Beine lang und lassen uns die Sonne auf den Pelz scheinen! Wir lassen *Die drei !!!* hier. Sperren sie in die Kutsche in unserem Hauptquartier und fliegen als Kim Jülich, Franziska Winkler und Marie Grevenbroich in erholsame, ruhige Sommerferien!«

»Man kann nie wissen«, beendete Kim die Diskussion und klappte den Koffer zu. Und damit auch wirklich klar war, dass das Buch blieb, wo es jetzt war, setzte sie sich auf den Koffer. »Und, habt ihr schon alles zusammengepackt?«, fragte sie zur Ablenkung.
Marie schlug sich erschrocken an die Stirn. »Verdammt, verdammt, verdammt«, fluchte sie und sauste aus dem Zimmer. »Ich komme gleich wieder«, rief sie rasch, bevor von ihr nur noch der wippende blonde Pferdeschwanz zu sehen war.
»Wow, die hat es aber plötzlich eilig. Hoffentlich holt sie jetzt nicht unsere gesamte Detektivausrüstung«, sagte Franzi und sah sich in Gedanken schon mit einem superschweren Rucksack, prall gefüllt mit Aufnahmegerät, Fingerabdruckset, Fernglas, Lupe, Taschenlampe und Notebook, an der Strandpromenade flanieren.
»Wahrscheinlich hat sie einfach nur vergessen, wasserfesten Mascara in der neusten Trendfarbe zu kaufen«, meinte Kim gelassen.
Franzi verdrehte die Augen. »Farblich passend zu den Trägern ihres Bikinis, wetten!«
Das kann ja heiter werden, dachte Kim. Hören die spitzen Bemerkungen der beiden denn nie auf?

*Detektivtagebuch von Kim Jülich*
*Freitag, 21:07 Uhr*
*Die letzte Nacht vor dem Abflug nach England!*
*Bevor wir nach Eastbourne abreisen, möchte ich noch schnell sagen, dass der Detektivclub nicht auf Eis gelegt wird. Aber uns dreien tun drei Wochen Erholung sicherlich gut. Die letzten*

*Fälle waren schließlich anstrengend und gefährlich genug. Wir haben uns eine Pause verdient!!!*
*Aber damit wir nicht vergessen, wer wir sind, hat Marie etwas völlig Irres gemacht!*
*Es dauerte eine Ewigkeit, bis Marie zurückkam, nachdem sie vorhin so plötzlich aufgesprungen und aus meinem Zimmer gestürmt war. Franzi und ich haben uns die Zeit mit Surfen im Internet vertrieben. Wir waren noch einmal auf der Website von Eastbourne. Die kleine Stadt ist irgendwie süß. Auf den Bildern sieht sie ein bisschen so aus wie eine Modelleisenbahnstadt. Alles ist sauber und ordentlich, so als würde die ganze Stadt vor dem Ansturm der* students *(so nennen die Engländer die Sprachschüler aus aller Welt, die ab Juli die Küste belagern) noch mal auf Vordermann getrimmt. Auf dem Pier, der weit ins Wasser ragt, ist ein riesiges Spieleparadies mit blinkenden Flippern und den neuesten Videospielen. Aber am meisten hat mich* Beachy Head *beeindruckt. Das ist ein riesiger Kreidefelsen am westlichen Ende des Strandes (der übrigens aus Kieselsteinen besteht – nix mit Sandstrand und so). In dem Felsen gibt es alte Schmugglerhöhlen. Und wer weiß, vielleicht können wir ja mal einen Fall aus der Vergangenheit lösen. Möglicherweise finden wir ja irgendeinen alten Piratenschatz, der nur darauf wartet, von den drei !!! entdeckt zu werden!*
*Aber ich wollte eigentlich von Marie und ihrer irren Idee erzählen. Also: Marie stürmte später mit wehenden Haaren in mein Zimmer und kramte völlig außer Atem in ihrer Tasche herum. Stolz hielt sie Franzi und mir ihre Beute unter die Nase. Drei Bikinis, einen in Pink, den sie sich gleich unter den Nagel riss, einen in Petrol und einen in Nachtblau … und jetzt kommt der*

*Clou: An der linken Seite der Bikinihosen war unser Logo aufgedruckt – drei bunte Ausrufezeichen auf schwarzem Grund! Franzi war sofort begeistert und griff nach dem petrolfarbenen Bikini. Mir wäre ein Badeanzug lieber gewesen. Ich habe um die Hüften schon wieder so einen ekelhaften Speckring. Franzi hat nur die Augen verdreht, als ich den Bikini kritisch anstarrte. Sie wusste sofort, was mir durch den Kopf ging. »Mach dich nicht verrückt! Wir fahren ans Meer! Bewegung im Wasser wirkt wahre Wunder. Da schmelzen die Kilos von alleine.« Franzi hat gut reden. Weiß sie denn nicht, dass es in England die besten Muffins der Welt gibt? Wie soll ich denen widerstehen?*
*Wenigstens ist der nachtblaue Bikini nicht so auffällig wie der in Pink. Ich wette, dass Marie dazu ihren himbeerfarbenen Lipgloss auftragen wird und ihren pinkfarbenen MP3-Player neckisch an die Bikinihose klemmt. So perfekt, wie sie ihr Styling immer durchplant, wird sie auch noch irgendwo eine Gummimatratze in Pink aufgetrieben haben.*
*So, jetzt kann ich den Koffer endgültig verschließen. Und das Detektivtagebuch bleibt drin, man kann ja nie wissen! (Ich sag nur Schmugglerhöhlen!) Es kann losgehen! Auf nach England!*

# England, wir kommen!

Der Abschied am Flughafen war kurz und tränenlos. Maries Vater hatte keine Zeit, seine Tochter zum Flughafen zu bringen, weil er schon wieder auf dem Weg zum nächsten Dreh war. Und auch Franzis Eltern nahmen nur zu dankbar den angebotenen Abholdienst von Kims Eltern an. Sie hatten sich vor der Haustür von ihrer Tochter verabschiedet und ihr schöne Sommerferien gewünscht. Nachdem beim letzten Abflug von Kim, Marie und Franzi nach Nizza alles gut gegangen war, vertrauten sie jetzt darauf, dass es auch dieses Mal keine Probleme geben würde. »Wer so viel reist wie du, ist offensichtlich schon groß genug, seinen Koffer alleine durch das Flughafengebäude zu schleppen und auf das Laufband am Check-in-Schalter zu hieven«, hatte Franzis Vater noch augenzwinkernd gesagt, bevor er seine Tochter ins Auto von Kims Eltern steigen ließ. Kims Eltern warteten jetzt geduldig, bis der Flugbegleiter von *Sunny Times* auftauchte und die Schülerinnen in Empfang nahm. Er stellte sich als John Candlish vor und erklärte, dass er für die nächsten Wochen ihr Ansprechpartner sein würde. Kurz darauf hatten die Mädchen eingecheckt. Michi stand daneben und schaute wie ein begossener Pudel drein. Er fand es gar nicht gut, dass Kim schon wieder verreiste.

Er zog sie zum Abschied dicht an sich und beschwerte sich mit zartem Ohrenknabbern. »Wenn du mich nach der Sprachreise auch nur noch einen Tag alleine lässt, fresse ich dich ganz auf!«, drohte er und biss noch mal in ihr Ohrläpp-

chen. Kim wurde ganz warm ums Herz. Sie war jetzt schon so lange mit Michi zusammen, aber er schaffte es immer noch, sie völlig zu verwirren.
»Und wenn du noch mal mit einer süßen Italienerin ins Kino gehst und mir nicht gleich sagst, dass es sich nur um die 7-jährige Tochter des Eisdielenbesitzers handelt, handelst *du* dir eine Menge Ärger mit mir ein: Kussentzug für mindestens 100 Jahre«, scherzte Kim.
Michi lachte nur und sagte: »Keine Sorge, ich bin dir treu. Bis in alle Ewigkeit!«

Der Flug nach London wurde aufgerufen und Kim löste sich schweren Herzens aus Michis Umarmung.
Kims Mutter gab den Mädchen nur noch eines mit auf den Weg: »Denkt dran, ihr seid nicht nur zum Spaß in England! Es ist für eure Englischnoten!«

Marie stieß Franzi in die Seite, als sie ihre Plätze im Flieger eingenommen hatten. Sie hatte längst andere Dinge im Kopf als Schule und Noten.
»Und, ist das nicht ’ne irre Idee mit den Bikinis gewesen? Wozu Copyshops doch alles gut sind. Erst wollte ich die drei Ausrufezeichen ja hinten auf die Bikinihosen drucken lassen. Mitten drauf! Aber dann dachte ich, dass es sicherlich ziemlich komisch aussehen wird, wenn wir drei gemeinsam ins Wasser gehen und auf unseren Hinterteilen dann insgesamt neun bunte Ausrufezeichen auf und ab wackeln.« Marie kicherte.
»Nee, ist schon gut so. Sehen echt klasse aus, die Bikinis!

Danke noch mal!«, sagte Franzi. »Was heißt Ausrufezeichen noch mal auf Englisch?«
*»Exclamation mark«,* erwiderte Marie wie aus der Pistole geschossen.
»Bist du sicher, dass ausgerechnet *du* Sprachferien in England nötig hast? Du hättest eher ein Trainingscamp für Jungschauspieler besuchen sollen. Dein Augenaufschlag ist längst nicht mehr so überzeugend wie früher!«, stichelte Franzi, wofür sie sich von Marie einen wütend funkelnden Blick einhandelte, der seine Wirkung nicht verfehlte. Franzi hielt die nächsten fünf Minuten lieber den Mund.
Kim hatte gerade keine Zeit, sich um das Rumgezicke der beiden zu kümmern. Ihre Flugangst breitete sich in dieser Sekunde vom Bauch bis zum Herzen aus. Sie dachte schnell an Michi, an seinen letzten Kuss vor dem Abflug und an seine zärtliche Drohung, sie aufzufressen. Das half. Statt Flugangst nahm wieder ein Schwarm Schmetterlinge von ihrem Bauch Besitz.

Die Zeit in der Luft verging sprichwörtlich wie im Fluge. Und ehe sich Kim, Marie und Franzi versahen, war der Flieger gelandet, die Koffer vom Rollband gerettet und der Zoll passiert. Einmal quer durch den Londoner Flughafen folgten Marie, Franzi und Kim den Hinweis-Pfeilen mit der Aufschrift *Coaches.* Der Bus mit dem knallgelben Logo des Sprachferienbetreibers war schnell gefunden. Der ganze Bus, der sie von London nach Eastbourne bringen würde, war großflächig mit dem Schriftzug *Sunny Times* lackiert. Man konnte ihn gar nicht übersehen.

Da Kim, Franzi und Marie im hintersten Teil des Flugzeuges gesessen hatten, waren sie mit die letzten Sprachschüler aus Deutschland, die sich in den bereits gut gefüllten Bus zwängten. Drei zusammenhängende Plätze gab es nicht mehr. Und auf der von allen so begehrten Rückbank hatten sich zwei echte Surfertypen niedergelassen, die die Südküste Englands mit Hawaii zu verwechseln schienen. Hätten sie zu den bunten Klamotten, die sie trugen, noch Surfbretter über die Knie gelegt gehabt, hätte Franzi das auch nicht gewundert. »Wir quatschen später weiter«, sagte sie zu Kim und Marie und quetschte sich auf den nächstbesten freien Platz, genauso wie Kim. Nur Marie blieb noch unschlüssig im Gang stehen, schüttelte die Haare und ließ den Blick lässig über die anderen Fahrgäste streifen. Gelangweilt nahm sie dann neben einem Jungen Platz, der ihr erstaunlich wenig Aufmerksamkeit schenkte.

Zwei Stunden später hatten sie ihr Ziel erreicht. Auf dem Busbahnhof hinter den Eisenbahngleisen war die Fahrt zu Ende und der Startschuss ins Abenteuer Sprachferien durch das laute Fluchen des Fahrers, der den Bordstein mit der Radkappe gestreift hatte, gegeben. Für die Sprachschüler war das Öffnen der Bustüren das Signal, wie wild durcheinanderzureden und aus dem Bus zu stürmen. Einige Schülerinnen und Schüler wurden von ihren Gasteltern abgeholt. Für die anderen stand der Fahrservice von *Sunny Times* bereit. Da Kim, Franzi und Marie nicht weit voneinander entfernt bei ihren unterschiedlichen Gasteltern untergebracht waren, krabbelten sie gemeinsam auf die Rückbank des Vans, aus dem der Fahrer ihnen zugewunken hatte. Nach drei Minuten Fahrt stieg Franzi als Erste aus. »Wir treffen uns in einer Stunde am Pier, o. k.? Findet ihr den auch bestimmt?«

»Ja, ja«, sagten Marie und Kim wie aus einem Mund. Sie hatten auf dem Flug nach London schließlich mehr als einmal den Stadtplan studiert und besprochen, wann sie sich wo treffen wollten.

*»Bye-bye – have a good time!«,* verabschiedete sich der Fahrer von Franzi und fuhr mit Kim und Marie weiter.

Franzi stand unschlüssig mit ihren Koffern vor dem Eisenwarenladen, vor dem der Busfahrer sie hatte aussteigen lassen. Sie kramte umständlich in ihrer Jackentasche nach dem Zettel mit der Adresse ihrer Gastfamilie. Ja, sie war richtig. Dort stand es auch:

*The Magnet Store, Mr Appleton, Longstone Rd., Eastbourne*

Na, dann los, dachte Franzi und drückte die Türklinke herunter. Eine Glocke ertönte, als sie in den kleinen Laden trat, in dem überall Kartons voller Schrauben, Muttern und Nägel standen. Sofort kam ein älterer Herr durch die Tür hinter dem Verkaufstresen gestürmt, neigte seinen Kopf und schaute Franzi über den Rand seiner Brille an.

*»Can I help you?«,* fragte er freundlich.

Franzi nickte. *Yes, please,* schoss es ihr durch den Kopf. Aber sie traute sich nicht, es auszusprechen. Ein dicker Kloß hatte sich in ihrem Hals festgesetzt. Ihre Kehle war wie zugeschnürt. Also nickte sie nur. Reiß dich zusammen, Franzi, so schwer ist das nicht. Englischunterricht erstes Jahr. Trau dich!, befahl sie sich selbst.

*»Hello, my name is Franzi. I'm from Germany.«* Puh, geschafft!
Sofort kam der Ladenbesitzer hinter seinem Tresen hervor und begrüßte Franzi. *»Welcome, I'm Mister Appleton.«* Von dem Wortschwall, der gleich darauf folgte, völlig überfahren, nickte Franzi nur immer wieder und versuchte, das Übersetzungsprogramm in ihrem Kopf anzuschalten. Es versagte. Außer *»Follow me«* verstand sie nichts. Bereitwillig ließ sie sich den schweren Koffer aus der Hand nehmen. Sie folgte Mr Appleton durch den Laden und die angrenzende Küche hindurch, die Treppen im Flur nach oben und dann in das kleine Gästezimmer, das für die kommenden drei Wochen ihr Zuhause sein würde.

Marie erging es ähnlich wie Franzi, als sie bei ihrer Gastfamilie eintraf. Auch sie wurde von einem Redeschwall übergossen. Doch ganz im Gegensatz zu Franzi hatte sie keine Hemmungen, auf Englisch zu antworten. Nicht nur dass sie notentechnisch besser dran war als Franzi, sie hatte beim Schauspielunterricht schon oft englische Texte lernen müssen und vor anderen vorgetragen, sodass ihr der Begriff »peinlich« überhaupt nicht in den Sinn kam.
Allerdings waren es bei ihrer Gastfamilie drei Münder, die nicht mehr stillstanden, seit sie durch die Tür getreten war. Die Gastmutter und – oh Schreck – Zwillinge! Sie waren im selben Alter wie Kims Brüder. Für eine Sekunde blieb Marie der Mund offen stehen, woraufhin die Gastmutter erschrocken fragte: *»Are you well, my dear?«*
*»Yes, of course …* natürlich«, stammelte sie unbeholfen.

Na, das kann ja heiter werden, dachte Marie. Hoffentlich machen die nicht so viel Unfug wie Ben und Lukas.

Nur Kim wurde nicht mit einem Redeschwall begrüßt, als sie in das Haus ihrer Gastmutter trat. Und von Haus konnte eigentlich auch nicht die Rede sein. Nachdem der Fahrer sie abgesetzt hatte, fand sie sich in einer Hotelhalle wieder. Verwundert schaute sie sich in der vornehmen Eingangshalle um. Sie fühlte sich augenblicklich ins 19. Jahrhundert zurückversetzt. Wäre Charles Dickens jetzt mit sperrigen Koffern neben ihr aufgetaucht, hätte sie das nicht gewundert. Doch außer ihr war niemand in der Halle. Selbst die Rezeption war nicht besetzt. Der Fahrer hat sich bestimmt geirrt, dachte Kim und faltete den Zettel mit der Adresse der Gastfamilie auseinander.
*Queens, Marine Parade, Eastbourne, Mrs Green*
Kim stutzte. Sie hatte nicht gedacht, dass der Name *Queens* sich auf ein Hotel beziehen würde. Aber dort war sie jetzt eindeutig gelandet – im *Queens Hotel.* Spitze, freute sie sich und sah sich interessiert um. Es war zwar durchaus elegant, aber längst nicht so einschüchternd wie das Hotel, in dem sie mit Marie und Franzi in der Nähe von St. Tropez übernachtet hatten, als sie Maries Vater zu Dreharbeiten begleitet hatten. Von kühler Eleganz war hier nichts zu spüren. Die geblümten Tapeten an den Wänden strahlten Wärme aus. Plüschige Sessel standen zusammen mit einem Beistelltisch in der einen Ecke, während in einer anderen Ecke Säulen mit Grünpflanzen und einem alten Grammofon ein hübsches Ambiente bildeten. Fehlt nur noch der Butler, der mir gleich

den Koffer in mein Zimmer tragen wird, dachte Kim und blickte sich hoffnungsvoll um. Als hätte er ihre Gedanken gelesen, trat ein älterer Herr hinter einem schweren Samtvorhang hervor und schritt auf Kim zu. Kim war im Herzen eine echte Detektivin. Selbst wenn sie in den Ferien war, prägte sich sofort seine Personenbeschreibung ein. Stichworte hätte sie sich gar nicht merken müssen, denn er sah aus wie eine ältere Ausgabe von Clark Gable in *Vom Winde verweht.* Groß, schlank, schmaler Schnurrbart, schelmisch blitzende dunkle Augen und überaus elegant gekleidet.
*»You must be Kim Jülich«,* sagte er und stellte sich vor. *»My name is Clark Stuart. I am the father of Jasmin Green, your hostmother.«* Als er seinen Namen nannte, musste Kim innerlich grinsen. Clark Stuart passte zu ihm. Wobei Clark Gable natürlich noch viel besser gepasst hätte. Freundlich reichte Kim ihm die Hand und stellte sich ebenfalls vor. Den Knicks konnte sie sich gerade noch verkneifen. Aber in dieser Kulisse wäre er nicht unbedingt unangebracht gewesen. Marie hätte sich sicherlich wie in einem Theaterstück gefühlt.
»Jasmin hat dich noch nicht willkommen geheißen, stimmt's?«, sagte Mr Stuart auf Deutsch. Er sprach fast akzentfrei, wunderte sich Kim.
»Sie ist in der Hauptsaison immer so beschäftigt, dass sie alles um sich herum vergisst. Sogar ihre persönlichen Gäste. Ach, meine gute Jasmin hat immer tausend Sachen im Kopf. Sie war schon als Kind so. Immer in Eile.«
Mr Stuart führte Kim an der Rezeption vorbei, schob den Samtvorhang dahinter zur Seite und lotste sie durch die

schmalen Gänge im hinteren Teils des Hotels. Dabei redete er ununterbrochen.
Sicherlich bin ich in einer kleinen Besenkammer gleich neben der Küche untergebracht, dachte sie und kam aus dem Staunen kaum heraus, als sie sich kurz darauf mit Mr Stuart in einer riesigen Bibliothek wiederfand. »Wow«, entfuhr es ihr. Die Menge der Bücher war überwältigend. Bis unter die hohe Zimmerdecke reichten die Regale, die nicht einen Zentimeter der Wand frei ließen. Kim wäre am liebsten sofort eine der Schiebeleitern hochgekrabbelt und hätte in den wertvollen alten Büchern geblättert, die ganz oben im Regal standen. Die goldenen Lettern glänzten wie frisch poliert. Nur das verblichene Rot der Leinenrücken ließ erahnen, wie alt die Bücher sein mochten: uralt.
Mr Stuarts Augen blitzten auf, als er Kims Blick folgte. »Die haben meinem Urgroßvater gehört. Diese Bücher können dir alles über England erzählen – die ganze Geschichte des Landes in 70 Bänden. Unglaublich, nicht wahr?«
Selbst auf den kleinen Tischen, die im angrenzenden Raum zwischen zwei wuchtigen Ledersesseln vor dem Kamin standen, stapelten sich Bücher. Mr Stuart setzte sich in einen der Sessel und bat Kim, in dem anderen Platz zu nehmen. Die hohe Lehne des Ohrenbackensessels verschluckte sie fast. Trotzdem konnte sie den Blick von Agatha Christie im Nacken spüren. Der alten Dame auf dem Ölgemälde über dem Kaminsims schien nichts zu entgehen. Ihr Blick war starr und Spott schien auf ihren Lippen zu liegen. Kim fühlte sich beobachtet. Von einem Gemälde! Nervös rutschte sie auf dem abgewetzten Leder hin und her.

Unbeirrt sprach Mr Stuart weiter.
»Jasmin glaubt, dass ich in den Sommermonaten, wenn sie sich nicht um mich kümmern kann, Unterhaltung brauchen könnte. Deshalb bietet sie *Sunny Times* jeden Sommer großzügig an, einen Sprachschüler aufzunehmen. Aus Deutschland, versteht sich. Denn sie weiß, dass es meinem alten Hirn guttut, mal wieder ein paar Sätze in Deutsch zu sprechen. Damit ich nicht verkalke!« Mr Stuart lachte warmherzig.
»Ihr Deutsch ist sehr gut!«, lobte Kim. War sie wirklich hier, um Mr Stuarts Unterhaltungsdame zu sein? Sie dachte, sie sollte ihr Englisch aufbessern und nicht dem Deutsch eines Engländers auf die Sprünge helfen.
»Waren Sie mal in Deutschland?«, fragte sie ihn.
»Oh ja, ich habe in den 70er-Jahren einige Zeit in Frankfurt gelebt. Als Hotelier kann es schließlich nie schaden, sich andere Häuser mal genauer anzusehen. Im *Frankfurter Hof* traf ich übrigens auf die Dame hinter uns. Wir verbrachten viele Nachmittage bei englischem Tee und Crackern auf der Terrasse und unterhielten uns angeregt.«
»Sie haben die berühmte Krimiautorin gekannt?« Kims Herz klopfte vor Aufregung. Seit sie selbst angefangen hatte, einen Krimi zu schreiben, verehrte sie Agatha Christie. Allerdings war sie mit ihrem Krimi nicht wirklich weitergekommen, seit sie den Detektivclub gegründet hatte. War ihr deshalb der Blick der alten Lady so unangenehm? Fühlte sie sich deshalb so klein unter dem Bild – weil die großartigste Krimiautorin der Welt ihr im Nacken saß und sie vielleicht aus dem Grabe heraus belächelte für ihre Schreibversuche? Kim rutschte noch tiefer in den Sessel.

»Oh, ich kenne noch mehr Autoren«, fuhr Mr Stuart fort, nahm ein Buch vom Tisch und schlug es auf. Kim las laut vor: »Turf *by Margaret Sullivan – to my dear friend Clark.*« Der Name der Autorin sagte Kim ebenso wenig wie der Titel.

Höflich fragte sie nach, was *turf* bedeutete.

»Das Buch handelt vom Pferderennsport. Margaret ist nicht nur eine gute Freundin von mir, sondern auch eine der erfahrensten Autorinnen auf diesem Gebiet. Sie schreibt auch für die hiesige Zeitung Berichte über die großen Rennen Englands.«

»Mh.« Kim fiel nicht mehr dazu ein. Pferde waren Franzis Fachgebiet, nicht ihres. Da interessierte sie das signierte Buch von Agatha Christie wirklich mehr, das Clark jetzt hervorgekramt hatte und ihr stolz zeigte. Schade, dass in diesem Moment Jasmin Green auftauchte und das nette Gespräch mit Mr Stuart beendete.

Kim verabschiedete sich und folgte Mrs Green, die sie auf ihr Zimmer brachte. Und das lag in einem Turm. Das war nicht nur wahnsinnig romantisch, sondern sie hatte auch noch einen irren Blick über ganz Eastbourne!

# Verdächtiger Geruch

Die blauen Zeiger der viktorianischen Standuhr auf dem Pier zeigten 18:00 Uhr an. Wo blieb Kim nur? Franzi sah Marie an. »Wir warten jetzt schon zehn Minuten.« Marie zuckte nur die Schultern und sagte: »Die kommt sicherlich gleich. Ist das nicht herrlich hier? Der Wind um uns, das Rauschen der Wellen unter uns, na ja, wenn jetzt nicht grade Ebbe wäre, und vor uns jede Menge hübscher Jungs aus der ganzen Welt.« Sie zupfte ihren schlichten Sommerrock zurecht, strich sich durch die Haare und versuchte den Blick eines vorbeischlendernden Jungen zu fesseln. Vergebens, denn der hatte nur Augen für das hübsche dunkelhaarige Mädchen an seiner Seite. Beleidigt drehte Marie sich zu Franzi. »Tse, kann ja nicht jeder auf Blond stehen. Wo bleibt Kim denn jetzt?«

»Wäre der Junge auf dein Wimperngeklimper abgefahren, hättest du doch augenblicklich vergessen, wer Kim überhaupt ist. Ah, da kommt sie ja schon!«

»Entschuldigung!«, sagte Kim, als sie den Pier erreicht hatte und in die vorwurfsvollen Gesichter von Franzi und Marie blickte. »Mir ist was völlig Irres passiert. Ich bin in einem dieser viktorianischen Hotels untergebracht. In einem Turm! Ich kann von meinem Zimmer aus bis zum Horizont blicken! Völlig abgefahren!«

»Schön, dass du da bist.« Marie strahlte. »Wollen wir jetzt den Pier erkunden oder gleich ein Café ausgucken – bevor wir noch Entzugserscheinungen bekommen. Ich bräuchte

nämlich dringend einen *Kakao Spezial*!«, sagte sie und deutete auf das Café gegenüber vom Pier.
»Ja, lasst uns erst Stärkung holen! Der Pier ist im Abendlicht bestimmt viel spannender.« Franzi hatte das Bild vor Augen, das sie auf dem Prospekt von *Sunny Times* gesehen hatte. Um den Pier herum wand sich eine Lichterkette in bunten Farben und der Kuppelbau am Ende des Piers war sogar mit einem riesigen Netz aus Glühlämpchen bespannt.

Vor dem Café waren noch viele Plätze frei. Die meisten Gäste bestellten einen *Coffee to go* und nahmen ihn mit an den Strand.
Franzi, Kim und Marie sahen sich kurz fragend an. Gute Idee, da waren sie sich einig. Es gab zwar keinen *Kakao Spezial* mit Vanillearoma, aber eisgekühlter Kakao mit Vanilleeis kam dem schon sehr nahe. Und auch die Muffins sahen verführerisch aus, was bei Kim augenblicklich einen Heißhunger hervorrief, der sich mit lautem Bauchgrummeln bemerkbar machte.

»Hm, lecker!«, murmelte Kim und sog gleich noch mal an dem Strohhalm. »Der ist echt spitze. Ich glaube, das *Café Lomo* werde ich in diesem Sommer nicht vermissen. Meerblick beim Kakaoschlürfen hat was! Wenn jetzt das Wasser auch noch da wäre, wäre der Abend für mich schon perfekt.«
Marie starrte sehnsuchtsvoll am Strand entlang. »Mit Ebbe und Flut kann ich leben, aber schade, dass hier alles voller Kieselsteine ist, sonst könnte ich jeden Morgen am Strand joggen.«

»Kannst du nicht einmal dein Sportprogramm vergessen und so tun, als gäbe es etwas Wichtigeres im Leben als Fitness? Faulenzen zum Beispiel. Oder von mir aus auch Flirten.« Jetzt war es Franzis Blick, der einem Jungen hinterherglitt. »Hey, habt ihr den gesehen?«
»Jaja, der musste dir ja auffallen. Die Ähnlichkeit mit Benni ist unverkennbar. Ich dachte, dass du in diesem Urlaub mal nicht an deinen Freund oder Ex-Freund oder was auch immer denken wolltest. Oder geht jetzt das Drama vom Schiertaler See weiter? Da konntest du dich auch nicht entspannen und hast viel zu oft an Benni gedacht.« Maries Worte waren deutlich. Franzi schluckte. Sie wusste, dass Marie recht hatte. Aber warum dachte sie jetzt an Benni? Einfach so? Nur weil ein blonder Junge vorbeiging? Benni war in den letzten Tagen vor ihrem Abflug total süß zu ihr gewesen. Und vorhin hatte sie sogar eine SMS von ihm bekommen. Zurückgeschrieben hatte sie noch nicht. Sie wusste einfach noch nicht, was.
»Hallo! Wir sind nicht zum Streiten extra nach England geflogen«, sagte Kim.
»Stimmt. Wir sind hier, um Spaß zu haben!«, sagte Marie.
Und zum Lernen, fügte Kim in Gedanken hinzu.

Nachdem Franzi, Kim und Marie sich gestärkt hatten, gingen sie auf den Pier, um sich von den Glücksspielautomaten, die sich dicht an dicht in einer großen Halle aneinanderreihten, ein paar Pennys aus der Tasche ziehen zu lassen. Die Abenddämmerung hatte längst eingesetzt, als Kim, Marie und Franzi um ein paar englische Pfund leichter, dafür aber vergnügt und lachend den Pier verließen. Mit dem letzten Sonnenstrahl des Tages verschwanden auch die unzähligen Stare, die immerzu über dem Pier gekreist waren, um Krümel von Fischbrötchen, Muffins und Pommes zu erhaschen. Nur die Möwen segelten noch immer kreischend über dem Meer, als die drei Mädchen sich voneinander verabschiedeten.

»Unsere Schule ist im Footballclub?« Marie riss erstaunt die Augen auf, als sie am nächsten Morgen am Spielfeldrand standen und auf das Schild *Sunny Times welcomes you!* starrten.
»Laut Plan ist sie das«, bemerkte Franzi trocken und öffnete das kleine Eisentor. »Dann mal los!«
Als sie über das Spielfeld gingen, um zum Clubhaus zu kommen, kam ein Junge, den sie gestern schon auf dem Pier gesehen hatten, auf sie zu.
»Hey, euch kenne ich doch«, sagte er und strahlte Marie so unverhohlen an, dass Kim und Franzi sich nur verwundert zuzwinkern konnten.
»Ihr wart doch gestern Abend auch auf dem Pier, stimmt's?«
»Ja, zusammen mit mindestens einhundert anderen Amüsierwilligen. Du konntest mit der Frage also nur richtigliegen. Keine große Kunst – und eine noch schwächere Anmache«, fauchte Marie.
Hätte der Junge, der sich ihnen als Jo vorgestellt hatte, breitere Schultern mit mehr Muskeln gehabt, dazu noch einen hippen Hoodie statt des ausgeblichenen T-Shirts und kein solches Allerweltsgesicht, hätte Marie ihn bestimmt nicht so

desinteressiert behandelt, dachte Kim. Jo hatte Marie gestern – als sie den einarmigen Banditen fütterte – schon so interessiert angesehen, dass er Kim fast leidtat. Sie hier und jetzt anzusprechen, war ihm sicherlich nicht leichtgefallen. Immerhin standen nicht weit entfernt all die anderen Sprachschüler in kleinen Gruppen und warteten auf den Lehrer. Dass Jo sich eine Abfuhr von Marie geholt hatte, war ihnen bestimmt nicht entgangen.
Einige der Mädchen kicherten verstohlen, als Franzi, Marie, Kim und Jo sich zu ihnen stellten.
»Harter Brocken, die Blonde, was?«, hörte Kim einen der Surfertypen sagen, der Jo dabei anerkennend auf die Schulter klopfte, als hätte er einen Marathonlauf nur knapp verloren. Marie musterte den Jungen abschätzig und zischte: »Der Spruch ›Was sich liebt, das neckt sich‹ ist dir wohl völlig fremd?« Sie zwinkerte Jo verschwörerisch zu, der daraufhin nervös mit dem Gurt seiner Tasche spielte. Marie hatte also doch ein Herz, dachte Kim erleichtert.
Im nächsten Moment kam auch schon der Lehrer, schloss das Clubhaus auf und winkte alle Schüler herein.
»Sucht euch irgendwo einen Platz und dann starten wir«, sagte er und warf mit Schwung seine Tasche auf die niedrige Vitrine, in der die gesammelten Pokale des örtlichen Footballclubs glänzten. Als Ruhe eingekehrt war, stellte er sich als Pierce Henley vor und begann zu erläutern, was in den nächsten Wochen auf dem Unterrichtsplan stand.
»Zunächst einmal: Der Unterricht geht von 8:00 bis 12:00 Uhr. Und ich erwarte rege Mitarbeit! Damit ihr nicht nur die englische Sprache besser versteht, sondern auch das Land

und seine Bewohner besser kennenlernt, werden wir jeden Tag mit dem Lesen der Tageszeitung beginnen.« Er hielt die *Eastbourne Daily Post* in die Höhe und tippte auf die Schlagzeile des Tages. »Das Tagesthema wird auch unser Schwerpunkt in jeder ersten Stunde sein. Jeder übersetzt den Artikel für sich ins Deutsche, ohne Hilfe vom Nachbarn.« Dabei sah Pierce Henley Marie streng an, die mit Jo tuschelte. Typisch Marie, dachte Franzi und suchte Blickkontakt zu Kim, die sich aber nicht ablenken ließ. Aufmerksam lauschte sie Pierce' Worten.

»Wenn ihr einzelne Vokabeln nicht kennt, schreibt sie bitte auf. Wir gehen sie dann später gemeinsam durch. So lernt ihr am besten und ich komme dazu, in Ruhe die Zeitung zu lesen.« Beim letzten Satz musste nicht nur Pierce lachen. Die angespannte Stimmung im Clubhaus wich.

»So schlimm kann der Unterricht ja nicht werden, bei dem Lehrer«, sagte das rothaarige Mädchen neben Kim. »Der ist schwer in Ordnung! Das wird ein lauer Sommer.«

Kim nickte und griff nach der Kopie der ersten Seite, die Pierce verteilte. Leise las sie den Bericht, in dem es um irgendeinen Wettbewerb ging, den eine Eastbourner Hausfrau gewonnen hatte. Aber worum es genau ging, konnte sie nicht verstehen. Bei jedem dritten Wort sah sie flehend zu Marie, die ihr dann ihr Heft zeigte, das ebenso leer war wie Kims Kopf.

»Keine Lust«, flüsterte Marie und wandte sich wieder Jo zu, der anscheinend einen Witz gemacht hatte, denn Marie hielt sich sofort das Heft vor die Nase. An ihren Augen konnte Kim sehen, dass sie lachte.

»Bitte, jeder versucht es zunächst alleine. Nur so weiß ich, auf welchem Stand ihr seid!«, sagte Pierce streng.

Der Vormittag verging schnell. Nach dem Übersetzen des Tagesthemas zählte Pierce noch ein paar geografische Eckdaten zu England auf, erklärte die Wichtigkeit des Themas Wetter, mit dem man sich durch jedes noch so banale Gespräch retten konnte, und verabschiedete die Schüler schließlich mit den Worten: »Nehmt euch bitte jeder einen Prospekt mit den Freizeitangeboten von *Sunny Times* mit! Bis übermorgen müssen eure Anmeldungen vorliegen, damit wir die Busse für die Tagesausflüge bestellen können.«
»Keine Frage, wir fahren nach London!«, sagte Marie und schnappte sich einen Prospekt, dessen Titelbild die Londoner *Tower Bridge* zeigte.

Als Franzi, Marie und Kim es sich mit Ginger Ale und Gurken-Sandwich am Strand gemütlich gemacht hatten, studierte Franzi den Prospekt genauer. »Hey, statt den Tagesausflug nach London mitzumachen, könnten wir auch nach Ascot fahren. Die Pferderennen in Ascot sind weltberühmt! Da wollte ich schon immer mal hin«, schwärmte Franzi und sah sich in Gedanken bereits mit einem gut aussehenden Jockey fachsimpeln. Marie verdrehte nur die Augen und Kim hatte gar nicht richtig zugehört. Sie schrieb gerade eine SMS an Michi, den sie jetzt schon vermisste.
»Ach, auch egal. Wir müssen uns ja nicht sofort entscheiden«, winkte Franzi ab. »Kommt jemand mit ins Wasser?« Sie sah Marie und Kim auffordernd an. Kim konnte sich

kaum von ihrem Handy lösen und Marie rekelte sich genüsslich auf ihrem Handtuch. »Nee, dann wird mein Bikini ja nass. Und das Pink sieht dann nach matschiger Brombeere aus.«

»Stell dich nicht so an.« Kurzerhand zog Franzi Marie hoch und lief mit ihr Hand in Hand ans Wasser.

»Na gut, wenn es für die Fitness ist«, sagte Marie lachend und stürzte sich mit Franzi in die Fluten.

Schwimmen macht hungrig. Nicht nur Franzi und Marie knurrte am frühen Abend der Magen. Obwohl die Sonne noch hoch oben am Himmel stand, packten die drei ihre Sachen zusammen, holten sich beim Pizzabäcker drei leckere Käsepizzas und machten es sich bei Franzi auf dem Bett gemütlich. Aus der Küche hörten sie den Papagei Charly plappern und aus der Ferne drang Vogelgezwitscher durch das offene Fenster. Marie biss gerade herzhaft in ihre Pizzaecke, als sie plötzlich die Nase rümpfte. »Igitt, ist das ekelig! Riecht ihr das auch?« Angewidert schnupperte sie an der Pizza. Dann hielt sie die Nase in die Luft und sog tief die Luft ein. Der Geruch kam eindeutig durch das Fenster und nicht von der Pizza.

»Hier riecht es nach Pferdemist«, sagte Franzi fachkundig und kaute unbeirrt an ihrem Pizzastück weiter.

»Dass du bei dem Gestank überhaupt noch essen kannst.« Mit einem lauten Pflatsch landete Maries Stück Pizza in der Pappe. Kim, die ihr berühmtes Bauchgefühl selbst in den Ferien nicht abstellen konnte, sagte: »Seltsam. Wieso riecht es hier nach Pferdemist, wenn weit und breit kein Pferdestall ist? Oder habt ihr hier irgendwo eine Weide mit grasenden Pferden gesehen?«

Franzi, die sich mittlerweile weit aus dem Fenster gelehnt hatte, um den Geruch zu orten, murmelte nur: »Hör schon auf, Kim. Von einer Weide kommt der Geruch nicht. Er kommt direkt aus dem Zimmer nebenan. Vielleicht ist der Sohn von Mr Appleton irgendwo zum Reiten gewesen und hat vergessen, die Schuhe anständig abzuputzen.«

Dass der Sohn von Mr Appleton beim Reiten gewesen sein konnte, schien ziemlich unwahrscheinlich, denn im nächsten Moment hörten sie Mr Appleton fluchen. Auch ihm war der stechende Geruch, der mittlerweile durchs ganze Haus wehte, nicht entgangen und seine Verwunderung über Pferdemist in seinem Haus war seiner Stimme deutlich anzuhören. Es konnte also kein Normalzustand sein. Außerdem hatte Franzi bei der Hausbegehung am ersten Tag nichts entdeckt, was auf einen Pferdenarren hinwies. Geschweige denn auf einen Reiter. Keine Stiefel, keine Gerte und auch keine Packungen mit Pferdeleckerlis.

»Sag ich doch, ein neuer Fall für die drei !!!«, triumphierte Kim und stemmte die Hände in die Hüften. »Die große Frage lautet: Wo versteckt der Sohn von Mr Appleton ein Pferd? Und warum?«

»In der Besenkammer«, sagte Marie wie aus der Pistole geschossen und lachte sich schlapp.

»Oder im Schuhkarton unter seinem Bett.« Auch Franzi prustete los. Kim gab es auf. Also doch kein neuer Fall. Schade, für einen Moment hatte sie das Kribbeln in ihrem Bauch richtig genossen.

Plötzlich ging die Tür auf.
*»Hey, nice to meet you. I'm Tony Appleton. My dad said …«,* weiter kam er nicht. Franzi verschluckte sich und hustete los. Verflixte Pizza, dachte sie. Wenn das der Sohn von Mr Appleton war… Nicht nur, dass er verflixt gut aussah mit seinen verwuschelten Haaren – seine stahlblauen Augen brachten Franzis Herz sofort zum Schmelzen.
Wenn Franzi jemals auch nur ein Wort Englisch gekonnt hatte – in diesem Moment war davon nichts mehr übrig. Ihr Gehirn war so leer wie eine Dose Thunfisch, nachdem ein ausgehungerter Straßenkater sich darüber hergemacht hatte.
»Erde an Franzi, Erde an Franzi«, hörte sie Maries Funkspruch wie durch eine Wand aus Watte.

»Was war denn mit dir eben los?«, fragte Kim verwundert, nachdem Tony sich ein Stück Pizza geangelt hatte und ebenso schnell wieder verschwunden war, wie er zuvor aufgetaucht war.
»Was?«, fragte Franzi irritiert zurück. Sie fühlte sich, als hätten Tonys Augen sie auf einen anderen Planeten gebeamt – auf den Planeten der Herzwolken und der rosaroten Schmetterlinge. So heftig hatte sie es noch nie erwischt. Das hier war etwas ganz anderes, als was sie mit Benni erlebt hatte. Fühlte sich so wahre Liebe an? In diesem Moment war ihr sonnenklar, dass Benni für alle Zeiten nur ein Freund sein würde. Mehr nicht. Tony hatte ihr Herz im Sturm erobert, mit nur einem Blick. Ja, so muss sich Liebe anfühlen – schwebend, himmlisch und zuckersüß.
»Hmmmm«, seufzte Franzi aus tiefster Seele.

# Herzensangelegenheiten

»Und, wie schläft es sich so Wand an Wand mit einem Jungen, der dein Herz aus dem Takt bringt?«, bohrte Marie am nächsten Morgen nach, als sie vor dem Clubhaus auf Pierce und den Beginn der ersten Unterrichtsstunde warteten.
»*Mann* passt wohl eher«, sagte Kim trocken. Auch Franzi war nicht entgangen, dass Tony mindestens vier, wenn nicht sogar fünf Jahre älter sein musste als sie selbst. Eigentlich hätte es Maries Herz sein müssen, das aus dem Takt geraten war. Schließlich hatte Marie eine Vorliebe für ältere Jungs und nicht sie selbst. Franzi wurde rot.
»Wenn Benni dich jetzt so sehen könnte, würde ihm das bestimmt nicht passen.« Kims Blick haftete auf Franzis Wangen.
Ach je, Benni! Franzi traf der Gedanke wie ein Blitz. Sie fühlte sich schuldig. Klar, wegen Tony und der Wirkung seiner stahlblauen Augen. Aber auch, weil Bennis SMS noch immer unbeantwortet auf ihrem Handy schlummerte. Um von sich abzulenken, sagte sie schnell: »Was ist eigentlich mit Michi? Vermisst er dich jetzt schon oder amüsiert er sich wieder mit flotten Italienerinnen?«
Kim streckte Franzi die Zunge raus. Ihr war klar, dass Franzi auf ihre Eifersucht beim letzten Fall anspielte. Sie hatte doch tatsächlich geglaubt, dass Michi sich mit der Tochter des Eisdielenbesitzers traf, kaum dass sie mit dem neuen Fall beschäftigt war. Hatte er ja auch, nur dass die heißblütige Italienerin sich dann als kleines Mädchen herausstellte, das Mi-

chi ins Kino eingeladen hatte. Ein blödes Missverständnis, das sie ganz schön auf die Palme gebracht hatte. Da war Kims Fantasie echt mit ihr durchgegangen. Dass Franzi das ausgerechnet jetzt ins Spiel brachte, passte ihr gar nicht. Wollte sie etwa von den Schmetterlingen ablenken, die längst nicht nur in Franzis Bauch umherflatterten, sondern bereits deutlich sichtbar für jeden auf ihrer Nasenspitze saßen? Dieses Ablenkungsmanöver hätte sie sich sparen können, denn plötzlich tauchte Pierce auf und ließ die wartenden Schüler ins Clubhaus.

»Hey, dich habe ich schon vermisst«, sagte Marie zu Jo, der als Letzter auftauchte. Pierce hatte gerade die aktuelle Zeitung verteilt, als Jo sich ins Clubhaus schleichen wollte. Bei dem Versuch, möglichst unauffällig neben Marie Platz zu nehmen, stieß er einen Stuhl um und rempelte einen der Surfer-Typen an, der Marie auf die Pelle gerückt war. Ungeschickt rückte er seinen Stuhl zurecht. Also von unauffällig konnte bei diesem Auftritt wirklich nicht die Rede sein. Pierce lächelte ihn an, drückte ihm eine Zeitung in die Hand und fragte: »Verschlafen? Jaja, die Seeluft macht müde. Aber als Hamburger sollte das für dich eigentlich kein Problem sein.«

»Seeluft bin ich gewöhnt. Aber diese englischen Kraftflocken, die meine Gastmutter mir mit Milch zum Frühstück serviert hat, haben es echt in sich. Ich weiß einfach nicht, wohin mit meiner Energie«, erklärte Jo seinen polterigen Auftritt und hatte damit die Lacher auf seiner Seite.

»Da wir ja jetzt alle wissen, was du zum Frühstück hattest,

können wir getrost mit dem Unterricht beginnen.« Pierce hielt die Zeitung hoch und sah Marie fragend an. »Und, möchtest du vorlesen?«
Marie schüttelte den Kopf. »Nee, besser nicht. Ich hatte nämlich kein Kraftfutter zum Frühstück. Mein Hirn schläft noch.«
»Hättest du mir diesen Satz auf Englisch gesagt, hätte ich das als Beteiligung am Unterricht wohlwollend vermerkt«, sagte Pierce steif und forderte das rothaarige Mädchen neben Kim auf, die Schlagzeile ins Deutsche zu übersetzen.
Stockend las Janina vor:
»Goldene Zeiten für heimische Buchmacher.«
»Besser hätte ich es auch nicht gekonnt«, flüsterte Kim ihr aufmunternd zu.
»Danke, Janina. So, und jetzt mal ran an die Übersetzung des Artikels!« Pierce klatschte in die Hände.
Kim konnte sich nicht auf den Text konzentrieren. Auch Janina kaute unschlüssig auf ihrem Bleistift herum. Marie und Jo feixten in einer Tour und Franzi schielte vergeblich auf das Heft ihrer Nachbarin. Sie warf Kim eine Papierkugel in den Nacken. Konzentriertes Arbeiten sah anders aus. Wer interessierte sich auch schon für so etwas Trockenes wie Buchmacher. Franzi ritt zwar für ihr Leben gerne, aber Wetten und Quoten waren ihr so fremd wie einem Macho der Staubsauger.
Kreischende Möwen flogen über den Sportplatz vor dem Clubhaus und vom Meer her wehte salzige Luft ins Klassenzimmer. Viel lieber wäre Kim jetzt am Strand gewesen. Zum ersten Mal seit zwei Tagen war sie nicht mehr sicher, ob sie

ihre Mutter vielleicht doch hassen sollte, weil sie ihr in den Ferien Unterricht aufgebrummt hatte.
Ein heftiger Kicheranfall von Marie unterbrach ihre Gedanken. Jo flüsterte ihr andauernd etwas zu, was die Lautstärke von Maries Gelächter immer weiter in die Höhe schraubte. Er sah Marie dabei so verliebt an, dass Kim erneut um sein Herz bangte. Vielleicht sollte ich ihm sagen, dass Marie nur auf durchtrainierte, gut gestylte Typen steht, schoss es Kim durch den Kopf. Franzi schien das Gleiche gedacht zu haben, denn auch sie zuckte nur ratlos die Schultern, als Kim sich umdrehte und ihren Blick suchte.
»Marie! Jo! Kraftnahrung hin oder her, ihr zwei seit nicht bei der Sache. Etwas mehr Ernsthaftigkeit wäre wünschenswert gewesen. Kichert euch bitte vor dem Clubhaus aus. Ich befreie euch für heute vom Unterricht. Andere Schüler und Schülerinnen fühlen sich von euch bereits gestört. Vor allem ich fühle mich gestört!« Pierce' Ton war streng. Er ließ keine Widerrede zu. Beleidigt trottete Marie aus dem Klassenzimmer. Jo eilte ihr hinterher. Wieder raunte er ihr etwas zu und wieder musste Marie lachen.
»Möchte mal wissen, was an dem Blödmann so witzig ist«, grölte einer der Surfer-Typen.
»Vielleicht liegt es am Vogelfutter, das er heute gegessen hat – Kraftfutter für witzige Singvögel«, antwortete sein Kumpel.
»Für schräge Vögel würde wohl eher passen.«
Der verbale Schlagabtausch der beiden Surfer-Typen brachte Pierce endgültig auf die Palme. »Selbst wenn es keine Noten gibt und auch keine blauen Briefe an eure Eltern ge-

schrieben werden – ich möchte trotzdem, dass ihr den Unterricht ernst nehmt.« Sein Gesicht sah plötzlich so aus, als hätte er es mit dem Teufel persönlich zu tun und nicht mit einem Haufen Teenager in Ferienstimmung.
»Hat sich was mit lauer Sommer«, zischte Janina Kim zu und verzog den Mund.
»Was ist nur los mit dem?«, fragte Kim. Nicht laut, aber laut genug, dass auch Franzi es gehört hatte.
»Dem war wohl die Milch sauer«, raunte sie Kim zu.
»Ruhe!«, brüllte Pierce. »Oder möchtet ihr auch den Unterricht verlassen? Bitte schön. Nur zu. Kim! Franzi! Da ist die Tür!«
Kim und Franzi sahen sich völlig verdattert an. Was war denn nun los? Franzi verstand gar nichts mehr, packte aber ihre Sachen zusammen und zog Leine. Kim folgte ihr ebenso ratlos.
»Was war denn das jetzt?«
»Keine Ahnung«, antwortete Kim ihrer Freundin. »Jo und Marie sind bestimmt am Strand. Los, suchen wir sie!«
Kim war erleichtert, dass es keine Briefe an die Eltern gab. Von den Noten mal ganz abgesehen. Sie wurde nämlich leicht sauer auf Marie. Das hätte ihr gerade noch gefehlt. Marie macht Unfug, fliegt aus der Klasse, und weil sie mit ihr befreundet ist, ist sie auch noch mit schuld. Nur weil sie einmal etwas gesagt hatte. Das hätte echt Ärger gegeben.

Jo und Marie waren gar nicht bis zum Strand gekommen. Sie saßen putzmunter im Café und aßen Eis, als Franzi und Kim zu ihnen stießen. Sie redeten noch kurz über Pierce'

offensichtlich miserable Laune. Aber dann vergaßen sie den Vorfall im Unterricht auch schon wieder.
Kim fischte die mit Karamell überzogenen Macadamianüsse aus ihrem Vanilleeisbecher und kaute genüsslich darauf herum, während Franzi angestrengt versuchte, die Smarties in ihrem Eis-Milchshake durch den Strohhalm zu ziehen.
»Habt ihr gesehen, was heute im Angebot war? *›Deep-fried Mars Bar‹!*«, sagte Jo. »Die spinnen, die Briten, sag ich nur.«
»Was soll das sein? Frittierter Schokoriegel?« Marie staunte. Sie sprang auf und kehrte mit einem fettigen heißen Etwas in der Hand zurück. »Gibt's ja gar nicht. Seht euch das an«, sagte sie und pulte die Teigtasche mit zwei Zahnstochern auf. »Dadrinnen ist wirklich ein Schokoriegel.«
»Hm, voll lecker!« Jo wischte sich den Mund ab. »Probier das mal, Marie.«
»Lecker. Kim, das ist was für dich!« Marie hielt Kim das letzte Stück hin.
»Nein danke. Um diese Kalorienbombe wieder von den Hüften zu bekommen, müsste ich bis nach Frankreich schwimmen.« Kim schaute über das Meer und meinte, in der Ferne die Küste von Frankreich zu sehen. Mit einer schnellen Kopfbewegung schüttelte sie den Gedanken weg. Unmöglich, Frankreich von der Küste Eastbournes aus zu sehen. Und den Gedanken an einen Versuch, mal eben rüberzuschwimmen, tat sie sofort als völligen Unfug ab. Zumal sie auch keine so gute Schwimmerin war wie Franzi. Und selbst die würde sicherlich nicht ohne Rettungsboot in Calais ankommen.
»Das Hüftgold dieses Eisbechers ließe sich nur noch durch

die Anstrengung einer intensiven Shoppingtour zum Schmelzen bringen.«

Kritisch beäugte Kim ihren Hosenbund, der auch schon mal lockerer gesessen hatte. »Wie schaut es aus, Lust auf eine Einkaufsorgie im *Arndale Centre*? Janina meinte, dass es da total abgefahrene Sachen gibt.«

»Noch abgefahrenere als frittierte Schokoriegel? Na, dann los!«, sagte Marie, die sowieso längst auf Shoppingentzug war.

Dass Jo die drei Mädchen begleitete, war schon fast selbstverständlich. Vom Strand war es nicht weit bis zur Fußgängerzone. Sie folgten der *Marine Parade*, die in die *Grand Parade* überging. Den Pier ließen sie hinter sich und bogen rechts in die *Terminus Road* ein, die direkt zum Shoppingcenter führte. Hier reihten sich Süßigkeitenläden an Eisdielen, Secondhand-Shops an Bäckereien. Wäre Kims Bauch nicht prall gefüllt von dem Eis gewesen, wären sie nicht so zügig an den Bäckereien vorbeigekommen. So aber warf sie nur einen flüchtigen Blick auf die Auslagen und staunte kurz über die verführerisch aussehenden Köstlichkeiten in Zellophan. Vor einem Shop mit Schallplatten aus den 80ern blieb Jo dann stehen. »Komme gleich wieder«, rief er und war auch schon im Laden verschwunden.

Kim nutzte die Gelegenheit. »Sag mal, Marie, was läuft da eigentlich zwischen dir und Jo?« Auch Franzi spitzte die Ohren.

»Was soll denn da laufen? Er ist nett, mehr nicht. Da ist nichts.«

»Ich glaube, das sieht Jo ganz anders«, sagte Kim und bohrte nach. »Bist du vielleicht verliebt? Ein klitzekleines bisschen wenigstens?«
»Nein, da ist nichts. Wirklich. Wenn ich es doch sage.«
»Wenn er für dich nur eine Ablenkung von Adrian oder Holger ist, dann brich ihm bitte nicht das Herz. Er ist so ein netter Typ.« Kim klang besorgt. Kein Wunder. Marie war die Herzensbrecherin Nummer eins. Und jetzt, wo ihre Beziehung mit Holger beendet war, waren die Männerherzen in großer Gefahr. Dabei wusste Marie doch aus eigener Erfahrung, wie schmerzhaft es sein konnte, wenn man sich unglücklich verliebt. Wenn Kim nur an das Drama mit Adrian dachte, das Marie etliche Stunden an Grübelei gekostet hatte, dann bestand vielleicht ein Funken Hoffnung, dass Marie nicht leichtfertig mit den Gefühlen anderer spielte.
»Was geht dich das eigentlich an?«, fragte Marie spitz. »Hast du etwa ein Auge auf Jo geworfen?«
»So ein Quatsch. Ich habe ja Michi. Den würde ich im Leben nicht betrügen.« Kim war empört, dass ihre Freundin auch nur daran denken konnte. Unmöglich.
»Jo klebt an dir wie ein Kaugummi. Dass er sich bis über beide Ohren in dich verliebt hat, ist offensichtlich«, mischte sich Franzi ein.
»Ach, hört schon auf«, winkte Marie ab. »Jo ist einfach nett und lustig.«

»Wer ist lustig? Hab ich was verpasst?« Jo kam mit fünf Schallplatten unterm Arm aus dem Geschäft. »Das sind echte Raritäten«, sagte er stolz. »Ein Freund von mir legt in einem Hamburger Club Platten auf. Der wird staunen, wenn ich ihm die Scheiben unter die Nase halte. Die sind so rar, die dürfte es eigentlich gar nicht geben.«

Die vier schlenderten weiter in Richtung *Arndale Centre.* Der niedrige Bau hatte nichts mit deutschen Einkaufszentren gemein. Zumindest nicht vom Baustil her. Statt hoher Glasdecken und viel Chrom und Stahl brillierte das Center mit muffigem Charme. Tageslicht kam hier nicht herein. Die Gänge waren eng und die Läden klein und vollgestopft mit Waren. Überall standen Kisten und kleine Tische mit Waren vor den Eingängen. Und das Schild mit der Aufschrift *SALE* war allgegenwärtig. Ganz Eastbourne schien ein einziges Sonderangebot zu sein. Einzelne Paar Schuhe oder sonstiges schien es nicht zu geben. Irgendeinen Klimbim gab es immer dazu, egal, was man auch kaufen wollte.
Franzi, Kim, Marie und Jo schoben sich an den einheimischen Passanten vorbei, die offensichtlich alle nicht in Eile waren. Nur die bunt gekleideten Teenager aus aller Welt wuselten schnell und laut lachend durch die Gänge. Wie still es hier wohl ist, wenn die Sprachschüler den Ort nicht bevölkern, überlegte Franzi kurz, bevor sie einen Laden mit schrillen Klamotten ansteuerte.
»Kuckt mal, das muss ich unbedingt haben!«, rief sie begeistert und nahm ein Top vom Drehständer, das nicht nur giftig grün, sondern noch dazu über und über mit Pferdeköpfen bedruckt war. Pferdeköpfe in Rosa, Azurblau, Rot, Gelb, Braun, Pferdeköpfe, die Grimassen schnitten, die Zunge herausstreckten oder die die Augen verdrehten. »Das ist echt

schrill!« Mit strahlenden Augen kramte Franzi in ihrer Hosentasche nach Geld und betrat den Laden. Heraus kam sie allerdings nicht nur mit dem Top, welches sie einfach über ihr Shirt gezogen hatte.

»Das ist doch völlig irre«, sagte sie und schwenkte vor den Nasen der anderen einen wirklich ungewöhnlichen Handyanhäger hin und her. Die bunten Plastikpferdeköpfe waren ebenso absurd wie die auf dem Top. »Das gab es gratis dazu«, sagte sie und bastelte es an ihrem Handy fest.

*»Nice top«,* hörte sie plötzlich eine bekannte Stimme hinter sich. Franzi drehte sich um und sah direkt in Tonys stahlblaue Augen. Ein breites Grinsen überzog sein Gesicht. In Franzis Kopf wirbelten tausend Wörter durcheinander. Doch alles, was sie herausbekam, war ein stotterndes *»Yes«*.

*»Have a nice day. See you later«,* sagte Tony und war auch schon wieder verschwunden.

»Der hat es aber immer verdammt eilig«, bemerkte Marie und zwinkerte Franzi zu. »Man könnte meinen, er sei auf der Flucht.«

»Ja, auf der Flucht vor den irren Pferden auf meinem Top«, sagte Franzi und war nicht mehr sicher, ob sie das Ding wirklich noch haben wollte. »Hat er mich verspottet oder meinte er es ernst, als er sagte, dass es ihm gefällt?«

»Mach dir keinen Kopf, das Teil steht dir wirklich super. Es passt zu deinen roten Haaren«, sagte Kim.

# Franzi auf Abwegen

Am nächsten Morgen erwachte Kim in ihrem Turmzimmer vom Klingeln ihres Handys. Michi war dran. Kim setzte sich im Bett auf und plapperte drauflos. Sie freute sich total, dass er angerufen hatte, ließ ihn aber dennoch kaum zu Wort kommen. Sie berichtete von dem edlen Hotel, in dem sie wohnte, und vergaß auch nicht, Clark Stuart zu erwähnen. Sie erzählte von der Bibliothek und schwärmte von dem signierten Agatha-Christie-Buch, das Clark ihr gezeigt hatte. Michi schaffte es, ein kurzes »Toll« dazwischenzurufen, dann redete Kim schon weiter. »Stell dir vor, gestern war ein schwarzer Tag für die drei !!!. Fast hätten wir uns so zerstritten, dass ich den Detektivclub aufgelöst hätte. Dabei war der Tag zuerst so schön. Wir waren am Strand, sind shoppen gewesen und danach noch auf den Pier gegangen. Und als wir dann am Abend noch mal die Anmeldeformulare für den Tagesausflug rauskramten, um sie endlich auszufüllen, ist es passiert. Es ging bloß um die Entscheidung Ascot oder London.« Michi verstand kein Wort. Kim vergaß völlig, dass dieser Anruf ihn bestimmt ein Vermögen kosten würde. Sie erzählte in epischer Breite von dem geplanten Tagesausflug, für den Marie, Franzi und sie sich entscheiden mussten. »Franzi wollte unbedingt nach Ascot.« Kims Stimme klang immer noch genervt. »Dabei ist London doch viel spannender als jeder Pferderennplatz der Welt. Und außerdem findet an dem Tag noch nicht mal ein Rennen statt. Franzi hatte wirklich geglaubt, dass wir uns lieber die Beine bei einem

Trainingslauf in den Bauch stehen, statt in London auf Shoppingtour zu gehen. Versteht du das?«
Michi verneinte und Kim plapperte weiter.
»Dir geht es hoffentlich nicht gut, so ohne mich«, sagte sie und lachte. »Wie auch immer. Clark wartet mit dem Frühstück auf mich. Es gibt bestimmt wieder leckere Scones. Ich muss los. Lieb, dass du angerufen hast. Bis bald. Küsschen.«

Michi hatte sich schon eine ganze Woche nicht mehr bei Kim gemeldet. Dass er bei dem letzten Gespräch kaum zu Wort gekommen war, beschäftigte Kim immer noch. Obwohl sie eine wirklich schöne Woche gehabt hatte, kam ihr das Telefonat auch heute wieder in den Sinn, als sie mit Marie und den anderen im Bus nach London saß. Ohnehin hatte sie auf der Fahrt viel zu viel Zeit zum Nachdenken, denn Marie war mit Jo beschäftigt und Franzi saß im Bus nach Ascot.

In Ascot angekommen, staunte Franzi über die Anlage. Sie hatte zwar in einem Pferdemagazin über die Modernisierung der Rennsportanlage gelesen, aber dass so viel Glas und Stahl verbaut worden war, hätte sie nicht gedacht. Wo war der Plüsch und das Verstaubte, das sie von England erwartet hatte? Nach einem Treffpunkt für alte Ladys mit Strohhüten und Blümchenkleidern und Herren mit Stock und Zylinder sah Ascot wirklich nicht aus. Ganz im Gegenteil! Die Zuschauertribüne erinnerte an einen riesigen Luxusdampfer. Wäre das frisch gemähte Gras blau gewesen, hätte sie denken können, sie befände sich am Hafen irgendeiner Metropole.

Der Führring, in dem die Pferde vor dem Lauf zur Begutachtung dem Publikum präsentiert wurden, glich der Miniaturausgabe eines Fußballstadions und war so gut in Schuss, dass Franzi sich nicht vorstellen konnte, dass erst gestern die fünf wichtigsten Rennen des Jahres hier stattgefunden hatten. Die Rennen, die sogar die Königin vor Ort mit Spannung verfolgte – das traditionsreiche *Royal-Ascot*-Rennen, das seit 1711 unter der Schirmherrschaft des englischen Königshauses jährlich hier ausgetragen wurde. Wie gerne wäre Franzi gestern hier gewesen, und sei es nur, um die Kutsche der Königin vorfahren gesehen zu haben. Nicht, dass sie sich viel aus dem englischen Königshaus machte, aber spannend wäre es bestimmt gewesen. Aber bei Eintrittspreisen von mehreren hundert Pfund brauchte sie gar nicht ausrechnen, wie lange sie darauf hätte sparen müssen. Außerdem waren die Tickets nur schwer zu bekommen und schon über Monate im Voraus ausverkauft. Oder waren die 300.000 Besucher des wichtigsten Rennens der Saison wirklich alles geladene Gäste? Irgendwo hatte Franzi das mal gelesen, konnte sich aber nicht vorstellen, dass jemand tatsächlich 300.000 Einladungskarten verschickte. Womöglich noch per Hand unterschrieben – was für ein Aufwand!

Ebenso wie auf der Rennbahn war im Führring das Gras frisch und ebenmäßig. Haben die Pferde keine Spuren hinterlassen oder wurde das ganze Gras über Nacht ausgetauscht?, fragte sich Franzi. Auch die Besucherwege, die zu Restaurants, Bars, Bistros und Cafés führten, waren so sauber, dass von den tausenden Besuchern, die sich gestern hier vergnügt hatten, nicht die leiseste Spur geblieben war. Nichts trug der leichte Sommerwind vor sich her. Keine Papierserviette, kein Rosenblatt, ja noch nicht mal einen Strohhalm. Die ganze Anlage wirkte, als wäre sie unter einem Vakuum in tiefen Schlaf versetzt worden. Nur der Lärm der Teenager, die zum heutigen Trainingstag auf das Gelände gelassen wurden, belebte die Rennbahn. Aber wo waren die Pferde? Warum hörte Franzi kein Hufgeklapper? Warum stiefelten keine Jockeys nervös auf und ab?

»Nachdem ihr jetzt alle die Rennbahn aus der Ferne gesehen habt, möchte ich euch herumführen«, begann der Reiseleiter den Rundgang über das Gelände. »Ihr werdet Einblicke bekommen, die selbst die teuer bezahlenden Besucher niemals bekommen würden. Ihr dürft einen Blick in die Jockeystube werfen und auch das königliche Areal wird für euch geöffnet sein. Hier haben sonst nur Mitglieder der königlichen Familie Zutritt. Oder eben gut betuchte Engländer, die sich seit Kurzem mit einer prall gefüllten Geldbörse einen der streng bewachten Plätze in der Nähe der Königin erkaufen können. Der Champagner perlt, Austern werden geschlürft und unzählige Hummer werden hier stilvoll an den Scheren gepackt, während die Damen ihre ausgefallenen Hüte zur Schau stellen und die Herren Geschäftsbeziehungen vertiefen. Allerdings gehen die Gespräche selten über Small Talk hinaus. Na ja, die feine Gesellschaft feiert hauptsächlich sich selbst – die Pferde sind dabei ebenso schmückendes Beiwerk wie die Blumengestecke auf den Tischen. Schade für die Jockeys, denn für sie hat das Rennen eine weitaus wichtigere

Funktion – hier werden Karrieren gemacht und ebenso zerstört. Sei es drum. So viel für den Moment zu den Gepflogenheiten in Ascot.«

Franzi hatte dem Reiseleiter aufmerksam zugehört. Trotzdem war sie abgelenkt, als sie zu der Jockeystube gingen. Hatte sie da nicht eben Tony vorbeigehen sehen? Sie drehte sich um. Tatsächlich. Sie erkannte ihn an dem blauen T-Shirt, das er schon bei ihrem ersten Aufeinandertreffen getragen hatte. Der Schriftzug, der auf Tonys Rücken prangte, hatte sie schon damals verwundert. *The Magnet Store*, las sie erneut und fragte sich, wieso er für das Eastbourner Eisenwarengeschäft Werbung lief. Sollte das ein Witz sein? Der englische Humor war ja nicht immer leicht zu durchschauen. Egal. Sie winkte ihm zu, aber Tony reagierte nicht. Er war mit dem kleinen Mann an seiner Seite so ins Gespräch vertieft, dass er Franzi nicht bemerkte.

Sie überlegte kurz. Dann entfernte sie sich von der Gruppe, ließ die Jockeystube hinter sich und eilte in die Richtung, in die sie Tony hatte gehen sehen. Der Mann an seiner Seite sah aus wie ein Jockey, aber was hatte Tony mit einem Jockey zu tun? Offensichtlich war er nicht zum ersten Mal hier auf der Rennbahn. Denn der Geruch, der Franzi bald darauf in die Nase stieg, erinnerte sie stark an den Pizzaabend im Haus von Mr Appleton. Klar, Pferdemist riecht in jedem Stall gleich, trotzdem brachte der Geruch, der jetzt immer stärker wurde, sofort wieder den Tag in ihr Gedächtnis, an dem sie Tony das erste Mal gesehen hatte. Sie musste mittlerweile nahe bei den Stallungen sein, denn zu dem Geruch gesellte sich noch lautes Wiehern. Und als sie dem großen

Flachbau näher kam, hörte sie auch das Klappern von Hufen. Ein breitschultriger Mann kam mit strammen Schritten auf sie zu. *Security,* prangte auf seiner Tweed-Jacke. Franzis Herz klopfte. Und nun? Was hatte sie sich nur dabei gedacht? Offensichtlich waren auf diesem Teil des Geländes keine Zuschauer erwünscht. Sollte sie so tun, als hätte sie sich verlaufen?

In dem Moment sah sie Tony im Eingang der Stallungen stehen. So laut sie konnte, rief sie ihm zu: *»Tony, how are you?«* Etwas Besseres fiel ihr auf die Schnelle nicht ein. Tony sah sie irritiert an, winkte dann aber und rief zurück: *»Hey, Franzi!«*

Der Sicherheitsbeamte sah Franzi streng an, blickte dann zum Jockey neben Tony und zurück zu Franzi.

Für den Sicherheitsbeamten war damit die Frage, was sie hier verloren hatte, offensichtlich beantwortet, denn er ließ sie ungehindert durch die Absperrung. Franzi straffte die Schultern und ging trotz heftigstem Herzpochen mit sicherem Schritt auf Tony zu. Ob ihr Herz wegen Tony so stark gegen ihren Brustkorb klopfte oder weil der Mann vom Sicherheitsdienst ihr einen gehörigen Schrecken versetzt hatte, war ihr jetzt egal. Doch nicht nur der Blick der Security war streng. Auch Tony funkelte sie jetzt wütend an.

*»What are you doing here?«*, zischte er und klang nicht gerade erfreut, Franzi hier zu sehen. *»Sorry, I'm in a hurry«*, fügte er hinzu und machte auf dem Absatz kehrt. Er wendete sich wieder dem Jockey zu, der nervös mit den Fingern gegen seinen Oberschenkel trommelte. Sie drehten sich auf der Stelle um und verschwanden, ohne sich weiter um Franzi zu

kümmern. Dann eben nicht, dachte Franzi, ich sehe ihn ja sowieso heute Abend wieder. Wie praktisch, wenn man mit seinem Schwarm unter einem Dach lebte – selbst wenn es nur für ein paar Wochen war.
Wo sie schon mal hier war, wollte sie es sich nicht nehmen lassen, einen Blick auf die Rennpferde zu werfen. Also trottete Franzi in die Stallungen. Schließlich waren Pferde eine ihrer Leidenschaften. Aber was Tony hier zu suchen hatte, konnte sie sich noch immer nicht erklären. Für einen Jockey war er eindeutig zu groß und zu muskulös. Außerdem hatte er laut Mr Appleton mit Pferden eigentlich nichts am Hut. Sie hatte ihn extra noch mal möglichst unauffällig über seinen Sohn ausgefragt, in der Hoffnung, sie und Tony hätten etwas gemeinsam, worüber sie reden könnten. Franzi suchte seit dem ersten Blick in seine umwerfenden Augen fieberhaft nach einem Grund, Tony in seinem Zimmer zu besuchen. Aber ihr fiel einfach keiner ein. Selbst die Musik, die sie durch die dünne Zimmerwand hörte, gab ihr keinen vernünftigen Anlass. Die war einfach nur laut und schrecklich. Und *»your music steps on my nerves«* war nun wirklich kein guter Auftakt für einen Flirt. Mal ganz abgesehen davon, dass der Satz bestimmt auch völlig falsches Englisch gewesen wäre.
Und jetzt war sie hier auf der Rennbahn. Und Tony auch. Sie wäre ja schön blöd gewesen, wenn sie zurück zur Reisegruppe gegangen wäre. Selbst ein Blick in die königliche Loge konnte sie nicht so sehr reizen, wie gemeinsam mit Tony über Rennpferde zu fachsimpeln. Wenn er nur mal etwas mehr Zeit für sie hätte!

Franzi ging durch den hellen Gang des Pferdestalls. Durch die Glaskonstruktion der Decke fiel Sonnenlicht herein. Staubflocken tänzelten im Lichtschein. Die Pferde standen ruhig in ihren Boxen und schnaubten nur hin und wieder zufrieden. Franzi sog den herrlichen Duft nach Stroh und Pferd ein, während sie die Boxen abschritt. »Star Of Orion, Flying Wave, Diomed IX., Black Diamond«, las Franzi leise die Namen der edlen Vollblüter vor, an deren Boxen sie vorbeikam. Das Fell der Tiere glänzte und auch die Boxen sahen sauber, ja fast schon steril aus. Für Tinka wäre das nichts, schoss es Franzi durch den Kopf. Ihr eigenes Pony brauchte unordentliches Stroh und eine stets tropfende Trinkanlage. Franzi musste lächeln, als sie an zu Hause und an Tinka dachte. Da kann ich sie noch so striegeln, so glänzend wie das Fell dieser Pferde würde Tinkas niemals. Dafür wird Tinka geliebt. Ob jemand diese Pferde liebte? Oder nur dann, wenn sie ein wichtiges Rennen gewannen und den Besitzer steinreich machten?
Franzi war vor der Box von Chestnut angekommen. In der Box standen Tony, der Jockey und ein elegant gekleideter Herr mit gezwirbeltem Schnauzbart, der fachmännisch die Sehnen und Bänder von Chestnut abtastete. Hätte er die Handschuhe vorher ausgezogen, würde er vielleicht auch eine Schwellung bemerken, dachte Franzi. Durch die feinen Lederhandschuhe merkt er ja noch nicht einmal eine Entzündung. Aber was ging sie das an.
»*What a wonderful horse*«, sagte sie und nickte zur Begrüßung. Sie zückte ihr Handy und schoss ein Foto von dem kastanienbraunen Hengst und den Männern in der Box.

Dass der elegante Mann sie wütend anfunkelte, lag bestimmt nicht an dem Handy, denn das war so leise beim Fotografieren, dass es nicht einmal ein leises »*Klick*« von sich gegeben hatte. Chestnut hatte sich zum Glück nicht erschreckt. Aber vielleicht hätte sie fragen sollen, bevor sie die Männer und Chestnut für die Ewigkeit auf ihrem Handy festhielt. »*Sorry*«, murmelte Franzi verlegen und steckte das Handy zurück in ihre Hosentasche.

Tony kam aus der Box gestürmt, packte sie unsanft am Arm und redete auf sie ein. Sie verstand nur die Hälfte von dem, was er sagte. So schnell war das Übersetzungsprogramm in ihrem Kopf nun mal nicht. Aber dass sie verschwinden sollte, war mehr als deutlich. Franzi war wie vor den Kopf gestoßen. Ihr liebendes Herz hatte soeben einen Bruch erlitten. Doch da war noch etwas!

Auch wenn sie in puncto kriminelles Gespür nicht Kims zuverlässiges Bauchgefühl hatte, so merkte sie dennoch, dass hier etwas nicht stimmte. Etwas, das weit über Herzbruch hinausging. Schnell weg, bevor es gefährlich werden würde. Franzi verließ allerdings nicht die Stallung. Aus sicherer Entfernung belauschte sie, was die Männer besprachen.

Zurück in Eastbourne lief Franzi sofort zum Pier. Sie hatte mit Marie und Kim ausgemacht, dass sie sich um 21:00 Uhr treffen wollten. Immer wieder schaute Franzi auf ihre Armbanduhr. Sie war viel zu früh am Pier angekommen und brannte darauf, Marie und Kim von ihrem Tag in Ascot zu erzählen. Für die Jockeystube, die Rennbahn und für die Summen, die dort jährlich für Champagner ausgegeben wurden, interessierten sich die beiden sicherlich nicht so sehr. Aber für das, was sie mit Tony erlebt hatte, bestimmt! Hoffentlich hat der Bus aus London keine Verspätung, dachte Franzi und wurde unruhig. Da tauchten die beiden endlich auf. Sofort stürmte Franzi auf Kim und Marie zu und schon sprudelte es aus Franzi heraus.

# Ein neuer Fall?

*Detektivtagebuch von Kim Jülich*
*Mittwoch, 14:00 Uhr*
*Ich treffe mich gleich mit Franzi und Marie in der Bibliothek hier im Hotel. Zur Lagebesprechung! Gut, dass ich das Detektivtagebuch auch gegen Franzis und Maries Willen mitgenommen habe. Jetzt brauchen wir es nämlich doch!*
*Clark Stuart kommt auch in die Bibliothek. Ich habe ihn um ein Treffen gebeten. Vielleicht kann er uns weiterhelfen. Selbst Franzi als echte Pferdenärrin versteht nicht genug vom Pferderennsport, um uns erklären zu können, was gestern in Ascot vor sich ging. Aber dank meines guten Gedächtnisses habe ich mir gemerkt, dass Mr Stuart (den ich mittlerweile Clark nennen darf) sich für Pferderennen interessiert.*
*Das, was Franzi gestern Abend berichtet hat, war schon höchst seltsam! Es sieht so aus, als würde es sich lohnen, mal wieder die drei !!! zu aktivieren. Ob wir aber wirklich einen neuen Fall haben, weiß ich nicht. Mein Bauchgefühl sagt Ja. Tony hat sich Franzi gegenüber nämlich sehr seltsam benommen. Warum wollte er sie so schnell loswerden? Und wer war der elegant gekleidete Herr, der so nervös wurde, nachdem Franzi an der Box von Chestnut aufgetaucht ist? Er hat Tony irgendetwas von »topgeheim« und »keine Öffentlichkeit« zugezischt. Laut Franzi war er mächtig sauer, dass sie ihn fotografiert hat. Und Tony sollte irgendetwas abklären – wenn Franzi das richtig verstanden hat. Klar, dass Franzi sofort vermutet hat, dass da etwas nicht stimmen kann. Bei all den Fällen, die wir schon aufge-*

*spürt haben, hat auch sie mittlerweile ein Gefühl für kriminelle Energie. Und die floss in der Box, da ist sich Franzi sicher! Aber was genau da vor sich ging, wissen wir nicht. Noch nicht!*

*Geheimes Tagebuch von Kim Jülich*
*Mittwoch, 14:25 Uhr*
***Achtung: Lesen für Unbefugte (alle außer Kim Jülich) streng verboten! Topsecret! Auch für Hotelpersonal und wer auch immer noch einen Schlüssel für das Turmzimmer hat. Selbst für Turmmäuse, die vielleicht unter meinem Bett wohnen, ist dieses Tagebuch geheim! Pfoten weg! Sonst gibt es verschimmelten Käse zum Frühstück.***
*Nach dem letzten Telefonat mit Michi war er sehr seltsam zu mir. Ich habe ihm auf der Fahrt nach London zwei SMS geschrieben. Die SMS, die er zurückschreibt, haben einen sarkastischen Unterton, der mir nicht gefällt. Wo ist nur der liebe Michi geblieben? Der, der sich nicht zu männlich ist, auch mal einen Kuss via Satellit zu schicken. Auch wenn ich hier in England wirklich eine tolle Zeit mit Marie und Franzi habe (und Jo, der noch immer als Maries Schatten hinter ihr herläuft. Ich bin mir sicher, dass er heftig in sie verknallt ist), fehlt mir Michi ganz schrecklich. Blöd nur, dass seine letzte SMS so komisch war. Ich weiß gar nicht, was ich darauf antworten soll. Er schrieb: Hey, Kim! Höre deine Stimme seltener als die von meiner eigenen Großmutter. Melde dich doch mal, wenn du dich von diesem Clark für eine Minute losreißen kannst.*
*Was hat Michi denn nur? Ich werde ihm nachher eine SMS schreiben. Aber jetzt muss ich mich beeilen. Es ist zwei Minuten vor drei. Und bis ich die unendlich vielen Stufen vom Turm*

*hinabgestiegen und in der Bibliothek angekommen bin, ist es bestimmt schon fünf nach.*

Clark wartete bereits in seinem Ohrensessel, als Kim die Bibliothek betrat.

»Entschuldigung, dass ich zu spät bin, Clark. Ich musste noch schnell ein paar Dinge aufschreiben. Sind meine beiden Freundinnen noch nicht hier?« Kim sah sich um.

»Es wird höchste Zeit, dass ich Franzi und Marie kennenlerne – so viel, wie du mir schon von ihnen erzählt hast. Sie kommen sicherlich gleich. Das Hausmädchen nimmt sie in der Eingangshalle in Empfang. Wir wollen ja nicht, dass sie sich hier im Hotel verlaufen, oder?« Clarks Augen blitzten, wie schon so oft, schelmisch auf. »Was schreibst du?«, fragte er. »Ein Buch?«

»Och, nee, nur ein paar Notizen«, antwortete Kim. Sie überlegte kurz, ob sie ihm erzählen sollte, dass sie tatsächlich Kurz-Krimis schrieb. Schließlich wollte sie ja mal eine berühmte Krimiautorin werden. Während sie darüber nachdachte, ob sie sich wirklich outen sollte, sah sie sich in der Abteilung der Bibliothek um, die mit Krimis bestückt war.

»Sag es dem alten Herrn ruhig«, schien Sherlock Holmes ihr aus einem Buch zuzuflüstern.

»Ja, trau dich, was ist denn schon dabei?«, wisperte aus einem anderen Buch Miss Marple.

Na toll, jetzt höre ich schon Bücher sprechen, dachte Kim und warf einen unsicheren Blick zu Agatha Christie, die jedoch noch immer, ohne auch nur eine Miene zu verziehen, stumm an der Wand hing.

»Ja, ja, grinsen Sie nur … auch Sie werden mal klein angefangen haben«, flüsterte Kim. Sie gab sich einen Ruck und ging stolz auf Clark zu. »Ich schreibe Krimikurzgeschichten.«

»Das ist ja toll! Ich wünschte, ich hätte das auch mal getan, als ich noch jung war. Ich wollte immer ein Buch schreiben. Aber irgendwie huschten die Jahre schneller vorbei, als ich es für möglich gehalten hätte. Und nun sitze ich hier, bin fast 70 Jahre alt und habe außer einigen Briefen nie etwas zu Papier gebracht. Du machst es goldrichtig, Kim. Früh übt sich, wer ein Meister werden will! Nicht wahr, Agatha«, sagte er und lächelte der Dame in Öl zu.

»Ich habe sogar einen Detektivclub gegründet.«

»Das hast du mir ja gar nicht erzählt.« Staunend zog Clark die buschigen Augenbrauen hoch.

»Das ist auch der Grund, warum wir uns heute mit dir treffen wollten. Franzi, Marie und ich sind *Die drei !!!*«, sagte Kim nicht ohne Stolz und zog die Visitenkarte der drei !!! aus der Hosentasche.

»Hey, wir sind in den Ferien«, sagte Marie, die soeben die Bibliothek betreten hatte, und streckte Clark die Hand entgegen. »Ich bin Marie und das ist Franzi.«

Sie plauderten noch eine Weile mit Clark, der höchst interessiert die Ohren spitzte, als die drei Mädchen abwechselnd von ihren bereits gelösten Fällen berichteten.

Dann begann Franzi von ihren gestrigen Beobachtungen zu erzählen. Clark fühlte sich sichtbar geschmeichelt, dass er nun den drei !!! weiterhelfen sollte. Er setzte sich in seinem Sessel aufrecht hin und sah mit zusammengekniffenen Augen auf das Display von Franzis Handy, das sie ihm gegeben hatte.

»Und das sind eure Tatverdächtigen?«, fragte Clark schmunzelnd. »Das glaube ich kaum. Könnte das Pferd vielleicht einen Mord begangen haben? Oder, ganz aus Versehen versteht sich, einer Maus den Schwanz durchtrennt haben? Ja, vielleicht. Aber der elegante Herr hier auf dem Bild ist der ehrenwerte Mr McClow, ein berühmter Rennstallbesitzer hier aus der Gegend. Und der Jockey neben ihm ist Justin Stevens – ebenfalls eine lokale Berühmtheit. Er hat schon viele Pferde aus dem Stall von Mr McClow zum Sieg geführt. Wenn mich nicht alles täuscht, handelt es sich bei dem Pferd hier um Chestnut. Chestnuts Besitzer war früher oft hier im *Queens Hotel* zu Gast. Seit er Chestnut in die strengen Hände von Mr McClow gegeben hat, entwickelt er sich ganz prächtig! Das harte Training bei Mr McClow scheint ihm gut zu bekommen. Er wird in diesem Jahr sogar als haushoher Favorit für das Rennen am 25. Juli in Ascot gehandelt. Das Preisgeld beim *King George Day* ist immens.

Wenn er siegt, wird Mr McClow hoffentlich nicht mehr so bitter dreinblicken wie hier auf dem Foto. Dann wird er strahlen wie ein Honigkuchenpferd – so sagt man doch in Deutschland, oder?«

Clark vermutete, dass es sich bei dem Treffen der Herren um eine harmlose Angelegenheit handelte. Schließlich müsse sich ein Rennstallbesitzer ja auch um das Wohl der ihm anvertrauten Tiere kümmern.

»Er hat Chestnuts Sehnen und Bänder abgetastet, sagtest du, Fränzi?«

Franzi nickt. Im Stillen amüsierte sie sich, weil Clark, obwohl er wirklich ausgesprochen gut Deutsch sprach, ihrem Namen einen englischen Klang gegeben hatte.

»Da haben wir es ja.« Clark schmunzelte zufrieden. »Alles ganz harmlos. Und der junge Mann, wie hieß er noch gleich, ach ja, Tony, ist bestimmt nur ein neugieriger Freund von Justin. Vielleicht interessiert er sich erst seit Kurzem für den Pferderennsport. Oder vielleicht auch nur fürs Wetten. Belassen wir es dabei. So, und jetzt ab an den Strand mit euch! Das Wetter ist viel zu schön, um in einer alten staubigen Bibliothek den Nachmittag zu verbringen!«

Das ließen sich die drei !!! nicht zweimal sagen. Ihre Bikinis hatten sie sowieso unter die T-Shirts und Röcke gezogen. Kim holte rasch ein paar Handtücher aus ihrem Zimmer, stopfte drei Flaschen Wasser und eine Tüte Weingummi in ihren Rucksack und stapfte die Treppe vom Turmzimmer herab.

Auf dem Weg zum Strand fing Kim noch mal mit dem Thema Ascot an. Sie war nicht überzeugt von Clarks Argumenten. Marie wollte jedoch nichts mehr davon hören. »Kim, es sind Ferien! Entspann dich, sonst werfe ich dich am Ende doch noch vom Pier. Dann musst du schwimmen, ob du willst oder nicht!«

Irgendetwas in Kims Bauch schrie ganz laut Alarm! Aber ein unfreiwilliges Bad im Meer wollte sie lieber nicht riskieren.

Franzi hingegen wollte Clarks Worten nur zu gerne Glauben schenken. In ihren Augen war Tonys Interesse an Pferden jetzt wieder völlig harmlos. Vielleicht hatte er mitbekommen, dass sie sich für Pferde interessierte, und wollte ein Gesprächsthema finden. Konnte doch sein, oder? Das wäre sogar total lieb gewesen. Wobei er sich ja eigentlich noch nicht einmal so richtig um sie gekümmert hatte. Im Gegenteil. Trotzdem schüttelte Franzi alle Gegenargumente mit einer heftigen Kopfbewegung aus ihrem Hirn. Ihre roten Zöpfe wippten dabei fröhlich hin und her.

*Detektivtagebuch von Kim Jülich*
*Mittwoch, 21:00 Uhr*

*Laut Franzi und Marie gibt es keinen neuen Fall für die drei !!!. Schade, ich hatte mich schon so auf etwas Aufregung gefreut. Clark konnte keinen Hinweis auf ein Verbrechen erkennen. Und Franzi hat die rosarote Brille auf. Bauchgefühl hin, Bauchgefühl her … keine Hinweise – kein Fall! Franzi und Marie stehen im Moment sowieso mehr auf Freizeitspaß. Vorhin auf dem Pier hat Marie Jo getroffen und den ganzen Abend mit ihm rumgekaspert. Mein Bauchgefühl ist in diesem Fall*

*ganz klar: Sie ist dabei, sich zu verlieben. Jo muss nur noch etwas hartnäckiger werden. Vielleicht sollte ich ihm einen Tipp geben, wie er Marie um den Finger wickeln kann. 1000 Komplimente am Tag, und sie wird handzahm.*
*Und Franzi? Der kaufe ich morgen Glasreiniger, damit sie ihre rosarote Brille mal gründlich sauber machen kann. Bevor Tony ihr noch das Herz bricht.*

# Franzi in der Klemme

Pierce verteilte wie an jedem Vormittag die Tageszeitung an die Sprachschüler.

*»Chestnut No. 1 in Ascot? Who can beat him?«*

»Oje, schon wieder Pferdesport«, stöhnte Janina, nachdem sie die Schlagzeile gelesen hatte.

»Das ist es, was die Eastbourner zurzeit am meisten interessiert. Immerhin kommt der Vollbluthengst Chestnut aus einem Stall, der hier in Südengland sehr berühmt ist. Wenn ihr den Artikel übersetzt, werdet ihr mehr wissen.«

»Klasse, hier steht, dass man viel Geld gewinnen kann, wenn man gegen Chestnut setzt. Aber nur, wenn er dann auch wirklich verliert«, rief einer der Surfer-Typen und hielt triumphierend die Zeitung in die Höhe. »Super, ich gehe gleich nachher ins Wettbüro. Ein bisschen das Taschengeld aufbessern!«

»Daraus wird leider nichts«, nahm Pierce ihm die Illusion vom schnellen Geld. »Um in England Pferdewetten abzuschließen, muss man volljährig sein.«

Jetzt verfolgt mich dieses Pferd auch noch bis in den Unterricht, dachte Franzi und musste wieder an Tony denken. Nachdem sie am Abend vom Pier zurückgekommen war, hatte sie gehofft, ihn vielleicht noch im Haus zu treffen. Und als sie später im Bett lag und sich ausmalte, wie es sich wohl anfühlen würde, von ihm geküsst zu werden, horchte sie noch immer, ob sie ihn kommen hörte. Darüber war sie irgendwann eingeschlafen.

Das Nächste, was Franzi von Tony mitbekommen hatte, war der Duft seines Aftershaves, der noch im Badezimmer hing, als sie sich duschte. Sie hatte ihn verpasst. Dabei fieberte sie doch so einem *zufälligen* Treffen mit ihm entgegen.
Unkonzentriert starrte Franzi auf die paar Zeilen, die sie bereits übersetzt hatte. In ihrer Hosentasche vibrierte plötzlich das Handy. Puh, gut, dass ich es vor dem Unterricht noch auf Vibrationsalarm gestellt habe. Franzi atmete innerlich erleichtert auf. Pierce wäre bestimmt sauer geworden. Vorsichtig wühlte sie in ihrer Tasche, schob das Handy unter die Zeitung, hob sie an und riskierte vorsichtig einen Blick auf das Display.

*Sorry for being a fool in Ascot - Fancy a spin on the motorbike? Picnic at the lighthouse? Pick you up at 3 pm at the store. Tony*

Franzi übersetzte die Zeilen, während sie las. Ihr Herz machte einen Freudensprung! Schnell tippte sie mit zittrigen Fingern und pochendem Herzen *OK* und drückte auf *Senden.*

Erst später, als der Unterricht beendet war und Franzi mit Kim und Marie den Footballclub verließ, wunderte sie sich, woher Tony überhaupt ihre Handynummer hatte. Ob Marie sie ihm gegeben hatte? Oder Kim? Besser, ich frage nicht, überlegte Franzi, sonst stellen die zwei noch irgendwelche seltsame Fragen. Vielleicht hatte sein Vater ihm die Nummer gegeben.
Auch wenn Franzi vor Glück fast platzte, behielt sie das Treffen mit Tony besser für sich. Sie befürchtete, Kim könn-

te wieder mit ihrem Bauchgefühl anfangen und irgendetwas von krimineller Energie oder so faseln.

Um Punkt 15:00 Uhr hörte Franzi das Knattern eines Motorrades unter ihrem Fenster. Sie war die letzte Stunde so nervös gewesen, dass sie sich dreimal umgezogen hatte. Jetzt stand sie in Jeans und einem Shirt in Tarnfarben vor dem Spiegel und zupfte ihre Haare zurecht. Sie hörte Tony die Treppe heraufstiefeln und rief durch die geschlossene Tür: »*Two minutes, please!*«
So schnell sie konnte tippte, sie eine Nachricht an Marie und Kim, nur damit sie sich keine Sorgen machten und wussten, wo sie war. Die Tür flog auf und Tony stand strahlend vor ihr. Franzis Knie wurden wackelpuddingweich. Tony sah umwerfend aus in seiner Lederjacke, den schweren Stiefeln und mit dem lässig unter den Arm geklemmten Helm. Er warf ihr den Helm zu, grinste frech und sah ihr dabei tief in die Augen. Franzi schmolz dahin. Sie verschwendete keinen Gedanken mehr an sein unmögliches Benehmen in Ascot. Wie auch, ihr Kopf war leer gefegt wie nach einem Wirbelsturm. Dass sie dennoch geistesgegenwärtig im Rausgehen nach ihrer Jeansjacke griff, wurde wohl von ihrem Unterbewusstsein gesteuert.

Wie selbstverständlich hatte Franzi ihre Arme um Tonys Taille geschlungen, kaum dass sie hinter ihm auf dem Motorrad Platz genommen hatte. Trotzdem vermied sie es, zu dicht an ihn heranzurücken. Wie überschäumendes Brausepulver gluckerte und blubberte es in ihrem Bauch, wenn sich

die schwere Maschine in die Kurven legte und sie mit Tony zu einer Einheit verschmolz.
Den Stadtkern hatten sie bald hinter sich gelassen und vor ihnen erstreckten sich die hügeligen Kreidefelsen von *Beachy Head*. Die Fahrt führte sie weiter, mitten durch die *South Downs*, über die Franzi bereits in dem Prospekt von *Sunny Times* gelesen hatte.
Tony wich geschickt einer Gruppe Rennradfahrern aus, die sich neu formierte. Puh, dachte Franzi, den steilen Weg hierherauf würde selbst ich nicht in diesem Tempo schaffen. Die müssen wirklich gut trainiert sein. Ein Blick auf die kräftigen nackten Waden bestätigte ihre Vermutung. Obwohl die Kreidefelsen ein beliebtes Ausflugsziel waren, begegneten sie, abgesehen von den Radfahrern, keiner Menschenseele.
Dafür sah Franzi unzählige Schafe auf den grünen Wiesen links und rechts der Straße grasen. Und in den windschiefen Bäumen, die hoch oben auf den Klippen Halt gefunden hatten, hingen flauschige kleine Wolken. Franzi kam es vor, als hätte Tony den romantischsten Ort der Welt für ihr Picknick ausgewählt.
Ganz oben angekommen bremste er die Maschine direkt vor einem alten Leuchtturm ab und half Franzi beim Absteigen, indem er ihr die Hand reichte. Er ließ sie erst los, als sie vor dem alten Gemäuer standen. Während er eine verblichene Decke auf einem Flecken ohne Schafköttel ausbreitete und seine Satteltasche weiter auspackte, ging Franzi an den Klippenrand. Das Klatschen der Wellen, die unter ihr tobten, drang zu ihr. 85 Meter über dem Meeresspiegel! Jetzt bloß keinen Schritt weiter, dachte sie und wich zurück.

Neugierig ging sie um den Leuchtturm herum. Die dicken Steinquader waren von der salzigen Meerluft angegriffen und Moos hatte sich in den Rissen breitgemacht. Auch die alte Holztür war verzogen. Kein Wunder, dass der Turm hier nicht mehr in Betrieb ist, der sieht aus, als würde er jeden Moment einstürzen, dachte Franzi.

Sie fragte Tony, wann der Leuchtturm geschlossen worden war. So spannend war das Thema zwar nicht, aber irgendwie musste sie ja ein Gespräch anfangen.
Tony wusste es nicht so genau. Aber er vermutete, spätestens als der neue Leuchtturm unterhalb von *Beachy Head* in Betrieb genommen worden war. Und das war irgendwann um 1900 gewesen. Franzi gab sich mit der Antwort zufrieden und setzte sich zu Tony auf die Decke. Um sich nicht noch irgendeine langweilige Frage aus den Fingern saugen zu müssen, nahm sie ein Stück Quiche und kaute ewig lange darauf herum. Ansonsten fiel das Picknick doch recht mager aus. Außer der billigen Quiche aus dem Supermarkt gab es nur noch Würstchen in Blätterteig und Cola.
Franzi war ein bisschen enttäuscht. Sie hatte gelesen, dass ein Picknick in England ausgiebig zelebriert wurde und sich über Stunden erstreckte. Dieses Picknick war in ihren Augen viel zu schnell beendet. Und besonders redselig war Tony auch nicht. Von Romantik fehlte jede Spur. Ganz im Gegenteil: Tony wirkte nervös. Immer wieder fuhr er sich mit der Hand durch die ohnehin vom Wind zerzausten Haare. Sein Lächeln wirkte längst nicht mehr so strahlend und seine Augen hetzten ständig zwischen Franzis Mund und der

Quiche hin und her. Kaum hatten sie den letzten Bissen verdrückt, sprang Tony auf und ging zum Leuchtturm. Er wollte Franzi unbedingt den Turm von innen zeigen. Auf Franzis Einwand, dass die Tür verschlossen sei, entgegnete er, dass man nur wissen müsse, wo der Schlüssel versteckt sei. Tony wusste es. Er öffnete den verrosteten Briefkasten, der vor dem Turm stand, und fischte mit sicherer Hand den Schlüssel heraus. Ob er wohl viele Mädchen mit dieser Romantiktour zu beeindrucken versucht hat?, schoss es Franzi durch den Kopf. Vielleicht sollte ich ihm sagen, dass Mädchen auch auf romantische Flirts stehen und dass es nicht sonderlich förderlich für die Liebe ist, ihm beim Verdrücken von Blätterteigröllchen zuzusehen. Mal ganz abgesehen von dem Rülpser, nachdem er die Cola runtergestürzt hatte. In Franzi kroch so etwas wie Wut hoch. Was machte sie hier eigentlich? Wo blieb der Kuss? Und wo der Sonnenuntergang?
Missmutig folgte sie Tony in den Turm. Modriger Geruch schlug ihr entgegen. Der hob nicht gerade ihre Stimmung, die sich sowieso nahe dem Tiefpunkt befand. Sie hatte irgendwie mehr erwartet.
Als Tony sie dann aufforderte, ein Foto aus dem Turmfenster zu schießen, fragte sie sich, wieso. Um den Tiefpunkt ihres ersten Dates zu dokumentieren? Franzi winkte ab und sagte, dass sie ihr Handy nicht dabeihätte. Erst jetzt fiel ihr auf, dass sie es in der Eile tatsächlich auf dem Bett hatte liegen lassen. »So ein Mist«, murmelte sie und sagte ihm, dass sie es zu Hause vergessen hatte. Tony sah sie irritiert an. Er fragte noch mal nach ihrem Handy und ob sie damit nicht doch den Ausblick fotografieren wollte. War ihr Englisch

wirklich so schlecht? Quatsch! Sie wiederholte ihre Worte noch einmal. Langsamer. Zum Mitschreiben langsam. Dann endlich kapierte er, dass sie es gar nicht dabeihatte. Er wurde sauer. Jetzt begriff Franzi so langsam, worum es überhaupt ging. Doch noch ehe sie den Turm verlassen konnte, stieß Tony sie unsanft zur Seite und drängelte sich an ihr vorbei. Franzi fiel hin. Tony stürmte aus dem Turm, knallte die Tür zu und schloss ab. Franzi rief ihm immer wieder zu, dass er sofort die Tür aufmachen solle. Dann fluchte und schimpfte sie. Auf Englisch, auf Deutsch, was ihr gerade einfiel.

Aus der Ferne drang das Knattern des Motorrades zu ihr. Sie brauchte gar nicht lange zu überlegen, warum er sie in den Turm eingesperrt hatte. Ihm war gar nicht an einer Entschuldigung für sein seltsames Benehmen in Ascot gelegen. Und auch nicht an einem romantischen Ausflug! Pah, dieser Schuft! Franzi kochte innerlich. Wie konnte sie nur auf so eine lahme Nummer hereinfallen? Sie hätte sich am liebsten vor Wut in den Hintern gebissen. Dazu war später noch Zeit. Jetzt musste sie erst einmal zusehen, dass sie möglichst schnell wieder ins Freie gelangte. Aber wie? Das Fenster!

Selbst wenn sie die Scheibe zerschlug, war der Rahmen zu klein. Ihr Kopf würde vielleicht hindurchpassen, aber bei den Schultern wäre schon Schluss. Nicht nur, dass die Jeansjacke sie beim Sturz mit dem Motorrad vor schlimmen Schürfwunden bewahrt hätte, jetzt war Franzi noch aus einem anderen Grund dankbar, dass sie sie trotz sommerlicher 27 Grad angezogen hatte. Sie hielt die Jacke mit einer Hand vor die Fensterscheibe, ballte die Finger der anderen Hand zur Faust und … kawumm! Das Glas zerbrach unter dem

Stoff. Glassplitter fielen klirrend zu Boden. Fledermäuse, die anscheinend im Turm geschlummert hatten, sausten über Franzi hinweg und flogen hinaus. Franzi zog den Kopf ein.
»Habt ihr mich erschreckt!«, hauchte sie mit zittrigen Knien.
»Reiß dich zusammen, Franziska Winkler! Es waren nur ein paar harmlose Fledermäuse. Jetzt mach schon, ruf endlich um Hilfe!«
Sie legte die Jacke um ihren Hals, dann streckte sie vorsichtig den Kopf durch den Rahmen, um sich an den im Rahmen verbliebenen scharfkantigen Glasstücken nicht zu verletzen.

Wie lange sie nach Hilfe gerufen hatte, konnte sie nicht sagen. Ihr war jegliches Zeitgefühl verloren gegangen. Ihr Hals war völlig rau. Sie brauchte dringend etwas zu trinken. Noch viel mehr drängelte allerdings ihr Wunsch nach Freiheit. Niemand hatte sie rufen hören. Verirrte sich denn niemals irgendwer in diese verflucht verlassene Gegend? Sonst trampelten Touristen doch auch immer auf jedem noch so abgelegenen Pfad. Franzi war verzweifelt.

# Gut kombiniert, Kim

Am Mittag war der Strand abseits des Piers fast menschenleer. Die Flut hatte gerade erst eingesetzt. Zum Schwimmen war das Wasser noch zu flach. Marie aalte sich in der Sonne. Die Luft roch nach Sonnencreme und Meer. Kim saß neben ihr auf der Strandmatte und zerbröselte ihren Muffin. Die Möwen, die eben noch im Schlick nach Muscheln und Krebsen gestochert hatten, kamen sofort angeflattert und pickten gierig nach den Bröseln.
»Hast du keinen Hunger?«, fragte Marie.
Neidisch blickt Kim auf Maries flachen Bauch, der weder über noch unter der Bikinihose einen Ring bildete.
»Wenn ich diesen Muffin esse und den nächsten und den übernächsten und dazu noch einen Vanilleeis-Kakao trinke, kann ich jede Hoffnung auf einen straffen Bauch endgültig begraben. Sollen doch die Möwen dick und rund werden!«
»Tapfer«, sagte Marie. »Obwohl ich echt nicht verstehe, wo du glaubst, dick zu sein.« Sie kniff Kim in die Bauchfalte, die, gut verdeckt vom Badeanzug, kaum zu sehen war. »Ist doch alles nur entspannte Haut. Zehn Sit-ups täglich und du hättest weniger Kummer.«
»Kann man die kaufen? Ich nehme dann bitte 20 täglich«, flachste Kim.
»Und ich 50 – äh, von was? Sit-ups? Habe ich richtig gehört, die gibt es neuerdings zu kaufen?« Jo, der anscheinend immer genau wusste, wo Marie zu finden war, kam von der Strandpromenade angelaufen und setzte sich neben Marie

auf die warmen Kiesel. Er schob sein T-Shirt hoch, trommelte auf seinen Bauch und zog eine Grimmasse. »Das hätte ich früher wissen sollen.«

Ein bisschen Training würde ihm sicher nicht schaden, dachte Kim. Marie schob die Sonnenbrille hoch und warf einen kritischen Blick auf Jos braun gebrannten Bauch. Kommentarlos lehnte sie sich wieder zurück.

»*Du* weißt doch längst, wo man Sit-ups kaufen kann. Kannst es uns ja verraten«, bettelte Jo und musterte Maries Körper verstohlen aus dem Augenwinkel. Verlegen drehte er den Kopf weg, als Marie ihn dabei ertappte.

»Was bedeuten denn die drei Ausrufezeichen da?«, fragte er schnell und zeigte auf den Bund der Bikinihose.

»Erkläre du es ihm, Kim. Ich bin zu beschäftigt.« Marie gähnte demonstrativ gelangweilt.

Jo war beeindruckt, nachdem Kim ihm von ihrem erfolgreichen Detektivclub erzählt hatte. Nun himmelt er Marie bestimmt noch viel mehr an, dachte Kim.

»Und wo steckt das dritte Ausrufezeichen?«, fragte Jo.

»Keine Ahnung. Sie wollte sich aufs Ohr hauen. Nach dem Unterricht faselte sie irgendetwas von Meerluft und Müdigkeit. Und weg war sie«, antwortete Marie.

»Das war vor fast zwei Stunden. Besser, ich schreib ihr schnell 'ne SMS und sag ihr, wo sie uns findet.« Kim holte ihr Handy aus der Tasche. Verwundert blickte sie auf das Display. Eine neue Nachricht war eingegangen. Seltsam, sie hatte es gar nicht klingeln hören. Wahrscheinlich war der Handyton im Gekreisch der Möwen untergegangen.

»Franzi hat geschrieben. Sie hat uns angeschwindelt. Hört euch das mal an!« Kim las die SMS vor: *»Fahre mit Tony picknicken – zum Leuchtturm – wie romantisch – wartet nicht auf mich – Franzi.* Und den Grinsesmiley konnte sie sich auch nicht verkneifen«, schnaubte Kim fuchsig.
»Starkes Stück«, sagte Marie und grinste. »Lass ihr doch ihren Spaß.«
Kim verstand nicht, wie Marie so ruhig bleiben konnte. Sie traute Tony noch immer nicht. In der nächsten Stunde schrieb sie Franzi mindestens drei SMS. Doch es kam keine Antwort. So langsam wurde Kim nervös. Auf das Buch, das sie sich aus Clarks Bibliothek ausgeliehen hatte, konnte sie sich auch nicht konzentrieren. Lag es am Englisch oder an Franzis Schweigen?
»Ich gehe jetzt zu Mr Appletons Haus und stelle Franzi zur Rede. Kein Picknick mit so einem Holzklotz wie Tony dauert so lange! Sie ist bestimmt längst wieder in ihrem Zimmer und weint sich die Augen aus, weil Tony irgendeinen Mist verzapft hat. Ich traue ihm nicht einen Zentimeter – nicht von hier bis zum nächsten Kieselstein!«
»Jo und ich wollten gerade schwimmen gehen.« Marie stöhnte auf. »Tut mir leid, Jo, vielleicht morgen? Heute muss ich meine Freundin vor schlimmen Herzschmerzen bewahren.«
»Das ist nicht lustig!«, schob Kim nach.

Jo war nicht beleidigt. Er nickte nur gespielt ergeben und sagte: »Dann bis morgen!«
Sein Schauspieltalent steht Maries ihn nichts nach, dachte Kim. Na, da haben sich ja die Richtigen gefunden. »Können

wir?«, drängelte sie und reichte Marie ihren Sonnenhut, den der aufkommende Wind fast mit sich gerissen hätte.

Kurz darauf klingelten Kim und Marie an der privaten Haustür von Mr Appleton. Sie wollten nicht einfach so in den Laden spazieren und nach Franzi fragen. Vielleicht hatte er gerade Kundschaft und da wollten sie nicht stören.
Tony öffnete die Tür und sah die beiden an, als seien sie Gespenster.
»Wir wollen zu Franzi«, sagte Kim und wollte sich an Tony vorbeidrängeln. Sein irritierter Gesichtsausdruck brachte bei ihr sämtliche Alarmglocken zum Klingen. Hektisch nestelte er an der Seitentasche seiner Cargojeans herum und lenkte damit erst recht Kims Blick auf seine Hände. War das nicht Franzis Handy, das er da eben schnell hatte verschwinden lassen? Kim funkelte ihn wütend an. »Wo ist Franzi?«, fragte sie und vergaß erneut, Englisch zu reden.
In gebrochenem Deutsch stotterte Tony herum: »Ich habe dich verstanden.« Nervös fuhr Tony sich durch die Haare und legte die Stirn in Falten. »Ich lerne Deutsch für paar Jahre in die Schule. Ich weiß nicht, wo Franzi. After dem Picknick sie blieben beim Leuchtturm. Schöne Aussicht!«
Rums! Tony hatte ihnen die Tür vor der Nase zugeknallt.
Marie tobte. Kim zog sie zur Seite und legte den Zeigefinger auf den Mund. »Pscht«, zischte sie. Flüsternd fuhr sie fort: »Hier stimmt gar nichts! Der Kerl ist ein Lügner. Er hat Franzis Handy. Ich habe es an dem Handyanhänger erkannt, der noch aus seiner Hosentasche hing, als er das Handy schnell verschwinden lassen wollte.«

»Vielleicht hat er auch so einen Handyanhänger. Kann doch sein, oder?«, fragte Marie unschlüssig nach.
»Wetten, dass nicht?« Kim tippte Franzis Nummer in ihr Handy. Aus dem geöffneten Fenster über ihnen erklang die Melodie des neuesten Hits ihrer Lieblingsband *Boyzzzz*.
»Ha! Das hat Franzi erst letzte Woche auf ihr Handy geladen. Er hat ihr Handy!« Kim stemmte die Hände in die Hüften. »Ich hab es doch gleich gespürt, der Typ ist nicht ganz waschecht!«
»Und jetzt?«, fragte Marie.
»Jetzt knöpfen wir ihn uns vor. Er muss uns sagen, wo Franzi ist.« Wütend drückte Kim erneut die Klingel. Kaum dass Tony die Tür auch nur einen Spalt geöffnet hatte, redete Marie in sauberstem Englisch auf ihn ein. Gleichzeitig stellte sie einen Fuß in die Tür und zischte ihm zu, dass sie genau wüssten, dass er Franzis Handy hatte, und dass er ihnen gefälligst sagen sollte, wo sie wirklich war.
Tonys Mundwinkel zuckten nervös, als er sagte, dass er keine Ahnung hätte, wo Franzi jetzt war. Dann warf er Kim und Marie Franzis Handy vor die Füße und schlug die Tür zu. Marie konnte in letzter Sekunde ihren Fuß aus dem Türrahmen ziehen. Das Handy war auf dem harten Pflasterstein aufgebrochen.
»Das Ding ist hin«, stellte Kim nüchtern fest, steckte es aber trotzdem ein.
»Und jetzt. Was machen wir jetzt?« Marie sah Kim an.
»Erst einmal von hier verschwinden. Der Typ kann bestimmt äußerst unangenehm werden.«
Dass Kim und Marie sofort zum Leuchtturm fahren wollten,

war schnell beschlossen. Aber wie? In der Nähe des *Arndale Centre* hatte Kim eine Touristeninformation gesehen. Die steuerten sie jetzt an. Zielstrebig gingen sie an den vielen Läden vorbei, die sie unter normalen Umständen angezogen hätten wie ein Magnet. Ihre Sorge um Franzi ließ sie wie mit Scheuklappen an verführerischen Schokoladen-Boutiquen und hippen Modegeschäften vorbeirauschen. Nur an einem Kiosk machten sie kurz halt, um sich zwei Flaschen Wasser zu kaufen. Der Nachmittag am Strand hatte sie durstig gemacht.

Die nette Dame von der Touristeninformation konnte Kim und Marie nicht nur Auskunft über den Anleger geben, von dem aus das Motorboot startete, mit dem sie zum Leuchtturm kommen würden, sie wusste auch die genaue Abfahrtszeit. In sieben Minuten!

Kim und Marie hetzten zum Pier und liefen dann am Strand entlang bis zum Anleger Nummer 3. Der Motor ratterte bereits, als Kim und Marie mit wild rudernden Armen angelaufen kamen.

»Puh, das war knapp«, ächzte Kim atemlos, die den Sprint nicht so mühelos hingelegt hatte wie Marie. »Nach den Sommerferien jogge ich wieder öfter, versprochen!«

»Ich erinnere dich dran«, drohte Marie scherzhaft und legte die Rettungsweste an, die der Bootsführer ihr gereicht hatte.

Kim gab dem Bootsführer den Fahrpreis direkt in die Hand, denn zum Ticketkaufen hatte die Zeit wirklich nicht mehr ausgereicht. Sie nuschelte ein *»sorry«,* dann legte auch sie die Rettungsweste an.

Sie waren schon ein gutes Stück über das offene Meer gefahren, als Kim plötzlich aufschrie: »Wir sind so blöd!« Mit weit aufgerissenen Augen starrte sie auf den rot-weiß gestreiften Leuchtturm, der vor ihnen aus dem Wasser ragte. »Der Leuchtturm steht mitten im Meer. Wo bitte sollen Franzi und Tony hier gepicknickt haben? Marie, hier es muss noch einen zweiten Leuchtturm in der Nähe geben!«
Kim ärgerte sich über sich selbst. Warum hatte sie nicht gestutzt, als die Dame von der Touristeninformation ihnen gesagt hatte, dass sie mit dem Boot fahren müssten? Spätestens am Strand hätte ihr ein Licht aufgehen müssen. Selbst wenn die Flut erst vor einer Stunde ihren Höchststand erreicht hatte, war Kim sicher, dass der Turm bereits vor drei Stunden von Wassermassen umspült gewesen sein musste. Und so romantisch veranlagt war Tony garantiert nicht, dass er ein Segelboot gechartert hatte, um vor dem Leuchtturm für ein Picknick anzulegen. Kim entschuldigte ihren Denkausfall damit, dass erstens keine Zeit zum Nachdenken gewesen war, und zweitens, dass ihr Gehirn dringend Schokolade gebraucht hätte.
»Ich hätte doch den Muffin essen sollen«, schimpfte sie mit sich selbst.
»Was hat denn der Muffin damit zu tun?«, fragte Marie.
»Ach, nichts. Wie lange dauert denn diese blöde Bootstour?«
Marie zuckte hilflos mit den Schultern.

Eine Stunde hatte sie die Tour über das Meer gekostet. Kim fühlte sich, als würden 1000 Ameisen durch ihren Körper wuseln, so nervös war sie, als sie endlich angelegt hatten und ausgestiegen waren. »Wenn Franzi nun ernsthaft etwas passiert ist? Und wir vergnügen uns bei einer Spritztour übers Wasser.«

»So eine Zeitverschwendung«, ärgerte sich auch Marie. Aber sie hatten noch so flehen und betteln können, es half nichts. Noch nicht einmal Maries verführerischer Augenaufschlag konnte den Bootsführer dazu bewegen, auf der Stelle umzudrehen.

Kim hatte die Zeit genutzt, um ein paar Puzzlestücke zusammenzusetzen. Wenn ihr Kopf auch vorhin nicht funktioniert hatte, jetzt tat er es umso besser. Auch ohne Muffin.

Auf dem Weg zurück zur Touristeninformation erzählte Kim Marie von ihrer Vermutung.

»Und du glaubst wirklich, dass Tony es von Anfang an auf Franzis Handy abgesehen hatte? Nur weil sie ein Foto von ihm und dem Jockey gemacht hatte?« Marie staunte.

»Natürlich! Und Mr McClow nicht zu vergessen. Ich garantiere dir, das Treffen der drei Männer in der Box war wirklich streng geheim. Franzis Foto war ganz sicher ein Beweisstück!«

»Aber für was?«

»Zunächst einmal für ein Treffen der drei Männer. Was genau sie ausgeheckt haben, weiß ich auch nicht. Aber es ist die einzig logische Erklärung für Tonys plötzliches Interesse an Franzi. Er hat sich in Ascot doch auch nicht für sie interessiert. Warum also jetzt das Picknick? Klickert es da bei dir nicht?«

Auch Marie war jetzt in Alarmstimmung und beschleunigte das Tempo.

# Geglückte Rettung

Die Dame in der Touristeninformation staunte, als Kim und Marie erneut nach dem Weg zum Leuchtturm fragten. Marie erklärte ihr, dass sie nicht den Leuchtturm bei *Beachy Head* meinten, sondern dass es in der Umgebung von Eastbourne sicherlich noch irgendwo einen anderen Leuchtturm geben müsste.
Den gab es tatsächlich. Nicht weit von den *Seven Sisters*, so wurden die sieben aufeinanderfolgenden Klippen an der Küstenlinie zwischen Eastbourne und Seaford genannt, stand der alte Leuchtturm *Bell Tout*, erklärte ihnen die Dame. Sie vergaß auch nicht zu erwähnen, dass der Bus dorthin nur jede Stunde fuhr, weil sich kaum jemand für den ausgedienten Turm interessierte.

Der nächste Bus fuhr in zehn Minuten. Marie und Kim hatten also noch ausreichend Zeit, zu überlegen, ob es wirklich sinnvoll war, den nächsten Bus nach *Birling Gap* zu nehmen, um von dort aus auf die Klippen zu tigern.
»Und wenn Franzi gar nicht mehr beim Leuchtturm ist? Dann haben wir weitere wertvolle Stunden vertrödelt«, sagte Marie. »Vielleicht ist sie längst wieder in Eastbourne und sucht uns.«
Kim überlegte kurz. Dann ging sie zur nächsten Telefonzelle, schlug das Branchenbuch auf und wählte gleich darauf die Nummer vom Eisenwarengeschäft. Mr Appleton nahm das Gespräch an. Er verneinte, als Kim nach Franzi fragte.

»Er hat sie seit heute Mittag nicht mehr gesehen«, informierte sie Marie.
»Ich rufe jetzt im *Queens Hotel* an und erkundige mich, ob Franzi nach mir gefragt hat. Ruf du bei dir an, o. k.?«
Wen sie auch fragten, niemand hatte Franzi in den letzten Stunden gesehen.
»Also doch zum Leuchtturm!«, sagte Marie und atmete erleichtert auf, als sie den Bus nach *Birling Gap* in dieser Minute um die Ecke biegen sah.

Schon von der Straße aus, die in das kleine Küstendorf führte, sahen sie den Leuchtturm *Bell Tout* oben auf den Klippen.
»Romantisch ist es hier tatsächlich«, sagte Kim, »aber müssen wir wirklich zu Fuß da oben rauf?«
»Ich fürchte ja. Die Straße, die hier links abgeht, ist viel zu schmal für den Bus. Wären wir mit Fahrrädern hier, hätten wir jetzt abbiegen und direkt auf den Leuchtturm zuradeln können. Aber so müssen wir uns wohl oder übel am anderen Ende der Klippen ordnungsgemäß an der Bushaltestelle vom Busfahrer absetzen lassen und den halben Weg zurücklaufen – allerdings über die Klippen!«

Der Gedanke, dass Franzi hier vielleicht irgendwo im Gestrüpp lag und ihre Hilfe brauchte, ließ in Kim ungeahnte Kräfte frei werden. Trotz langem Sonnenbaden, Sprint am Strand und dem Ärger mit Tony setzte sie kraftvoll einen Fuß vor den anderen. So viel Elan hatte Marie ihr gar nicht mehr zugetraut. Selbst sie schnaufte und japste nach Luft, als sie endlich vor dem Leuchtturm standen. Mit Adleraugen sahen sie sich um. Von Franzi fehlte jede Spur. Da entdeckte Marie eine leere Plastikverpackung, die der Wind in einen der Büsche nahe dem Leuchtturm getrieben hatte. Nicht weit davon entfernt lag am Rand der Klippe in einer Mulde eine halb volle Coladose.

Wenn hier nicht vor Kurzem ein Picknick stattgefunden hat, fress ich einen Besen, dachte sie und rief lautstark nach Kim.

Statt von Kim kam die Antwort von Franzi. Aus dem Leuchtturm!

»Franzi?«, riefen Marie und Kim gleichzeitig und stürmten in die Richtung, aus der die Stimme kam. Auf der Rückseite des Leuchtturms sahen sie Franzis Arme, die wie wild hin und her schwenkten. »Hier bin ich, hier hinten!«, rief sie und streckte den Kopf aus dem zerbrochenen Fenster.

»Um Himmels willen, Franzi! Geht es dir gut?«

»Wenn hungrig, durstig und müde als gut durchgeht, dann geht es mir ganz ausgezeichnet! Mal abgesehen davon, dass ich gekidnappt wurde.«

»Tony, dieser Versager, dem drehe ich den Hals um, wenn ich ihn zwischen die Finger bekomme«, schimpfte Marie. »Aber zuerst müssen wir dich irgendwie aus dem Turm bekommen. Der Fensterrahmen ist zu schmal, stimmt's?«

»Und die Tür ist fest verschlossen.« Franzis Stimme klang mutlos. Trotzdem lief Marie um den Leuchtturm herum und rüttelte an der Tür, während Kim bei Franzi blieb und ihr gut zuredete.

Die Tür gab zwar etwas nach, aber das Holz war stabil. Zu

stabil, um es mit einem kräftigen Fußtritt zu zerbrechen. Marie untersuchte das Türschloss. Kurzerhand zog sie die lange Hutnadel aus ihrem Strohhut, die eigentlich nur zur Zierde gedacht war. Aber das am Ende zu einer Schnecke gedrehte Metallteil kam ihr jetzt gerade recht. Wie vorausschauend ich doch manchmal shoppen gehe, lobte sich Marie mit einem Augenzwinkern selbst und machte sich am Schloss zu schaffen. Keine drei Minuten später sprang die Tür auf. Mein Vater wäre stolz auf mich, dachte sie und schickte einen stillen Dank an den Produzenten der Vorabendserie *Vorstadtwache,* dafür, dass ihr Vater für die Rolle als Hauptkommissar in einige kriminelle Geheimnisse eingeweiht worden war. Und noch einen ebenso stillen Dank an ihren Vater, dass er ihr diese Geheimnisse nicht vorenthalten hatte. Marie grinste zufrieden.
Von Franzi konnte man nicht gerade behaupten, dass sie grinste, als sie aus dem Turm herauskam. Sie wirkte völlig müde und erschöpft. Ihr Lächeln war eher zaghaft.
»Kuck mich nicht so mitleidig an, Marie. Nach stundenlanger Einzelhaft ohne Wasser und Brot würdest auch du nicht mehr aussehen wie eine Beachkönigin, glaub mir!«
Marie ignorierte den patzigen Ton in Franzis Stimme und umarmte ihre Freundin erleichtert.

Auf der Rückfahrt nach Eastbourne ließ Franzi ihr unfreiwilliger Aufenthalt im Leuchtturm noch immer die Knie zittern. Die Wut, die sie auf Tony hatte, brodelte in ihrem Innersten. Sie ärgerte sich, dass sie für ihn so schnell Gefühle entwickelt hatte, die sie auch noch an ihrer Liebe zu Benni hatten zweifeln lassen. Selbst wenn Benni ihr Herz nicht im Sturm erobert hatte, so war das, was er für sie empfunden hatte, zumindest ehrlich gewesen – und beständig. Ihnen blieb eine ganz tolle Freundschaft. Von Tony war sie nur enttäuscht.

»Warum zum Donner hat er mich überhaupt im Leuchtturm eingesperrt? Damit macht er sich doch erst recht verdächtig«, fragte sie.

Kims Antwort kam wie aus der Pistole geschossen. »Ist doch sonnenklar! Er wollte verhindern, dass du irgendwem irgendetwas über die Fotos auf deinem Handy erzählen kannst, bevor er sie vernichtet hat. Leider hat er gleich das ganze Handy geschrottet.« Kim zog es aus der Tasche, erzählte mit wenigen Worten, was passiert war, und gab es Franzi zurück.

»Nee, das ist nicht kaputt. Nur aufgebrochen.« Mit ein, zwei Handgriffen drückte Franzi die Verschalung wieder zurecht, schaltete das Handy ein und wartete, bis sich das Netz aufgebaut hatte. Sie machte einen Kontrollanruf bei Marie, die grinsend das Gespräch annahm. »Klappt doch. Schau mal nach, ob die Fotos noch drauf sind.«

Die Fotos waren tatsächlich gelöscht. Alle! Sogar die von Benni und ihren Eltern, die sie kurz vor Beginn der Sommerferien noch geschossen hatte.

»Ohne handfesten Beweis glaubt mir niemand, dass da irgendetwas im Busch ist. Ich sage euch, dass Treffen in Chestnuts Box war alles andere als der Routinebesuch eines Rennstallbesitzers bei seinem Jockey.«

Kim stimmte Franzi zu: »Die drei brüten etwas aus, das spüre ich genau!«

Da es noch immer keinen Anhaltspunkt gab, worum es wirklich ging, schlug Marie vor, dass sie Tonys Zimmer mal genauer unter die Lupe nehmen sollten. Und zwar am besten gleich, wenn sie zurück in Eastbourne waren.

Franzi war nicht wohl dabei, zurück ins Haus von Mr Appleton zu gehen. Und mit Tony noch weitere zwei Wochen unter einem Dach zu schlafen, gefiel ihr noch viel weniger. Dank Kims Einsatz musste sie das auch gar nicht. Sie rief Clark an. Und während Franzi, Kim und Marie Mr Appleton erzählten, dass Franzi viel lieber mit ihrer Freundin zusammenwohnen wollte, wies Clark das Zimmermädchen des *Queens Hotels* bereits an, ein weiteres Zimmer für einen besonderen Gast herzurichten.

Mr Appleton hatte Franzi zu verstehen gegeben, dass er am späten Abend nicht im Haus sein würde. Gleich nach dem Abendbrot würde er seine Schwester besuchen gehen. Sie solle einfach die Tür hinter sich zuziehen, abschließen und den Haustürschlüssel unter die Fußmatte legen. Er wünsche ihr noch einen angenehmen Aufenthalt in England.
Aus Tonys Zimmer plärrte so laut Musik, dass er garantiert nicht mitbekommen hatte, dass Franzi wieder im Haus war. Wahrscheinlich rechnete er noch nicht einmal damit, dass Franzi sich bei seinem Vater über ihn beschweren könnte, schließlich war sie Gast in seinem Haus – und seinem Land. Entweder war Tony völlig von sich überzeugt und ruhte gelassen in der Gewissheit, ein ganz toller Typ zu sein, oder er war schlichtweg verblödet. Franzi tippte auf Letzteres.

Die Sonne ging bereits unter, als Tony endlich die Musik ausschaltete und die Treppe runterstapfte.
»Schnell, mach das Licht aus!«, flüsterte Kim. Im Halbdunkel warteten die drei, bis das Knattern seines Motorrades immer leiser wurde.
»Puh, das wurde aber auch Zeit. Ich hatte schon befürchtet, der würde das Haus heute gar nicht mehr verlassen«, stöhnte Marie, sprang von Franzis Bett auf und streckte sich. »Diese weichen englischen Matratzen sind grauenhaft! Entweder man verdreht sich den Nacken oder liegt so krumm und schief, dass man sogar am Bauch Falten bekommt.«
»Können wir?«, fragte Franzi ungeduldig, ohne auf Maries Dehnübungen zu achten.

Sie vergewisserten sich, dass wirklich niemand im Haus war. Alles war still. Sogar der Papagei hatte den Tag bereits beendet und hielt ausnahmsweise mal seinen Schnabel. Zur Sicherheit, falls Tony überraschend zurückkäme, blieb Marie vor der Tür stehen, während Franzi die Vorhänge zuzog. Kim tastete im Dämmerlicht nach dem Lichtschalter. Hoffentlich dringt wirklich kein Licht nach draußen, dachte sie, als die Neonröhre aufflackerte und das Zimmer in ein grelles, grünliches Licht tauchte.
Tonys Notebook stand aufgeklappt auf seinem Schreibtisch. Es war nicht ausgeschaltet, sondern befand sich im Standby-Modus, wie Kim feststellte, als sie die Maus ein Stück bewegte. Tony hatte sich noch nicht mal die Mühe gemacht, sich aus dem Internet auszuloggen, bevor er das Haus verlassen hatte.

Auf dem Monitor blinkten Werbebanner und Buttons, die Millionengewinne versprachen.
»Hier geht es um Online-Wetten«, hauchte Franzi erstaunt.
»Um Pferdewetten, um genau zu sein!« Auch Kim staunte nicht schlecht, als sie sah, auf welcher Seite Tony sich herumgetrieben hatte.
»Ob er auch wettet? Möglicherweise hat Justin ihm ja tatsächlich einen Tipp gegeben. Vielleicht war Tony deshalb in Ascot.«
»Aber Wetten sind nicht kriminell. Kein Grund also, deshalb so einen Aufstand zu machen. Ganz egal, ob er von Justin nun einen Tipp bekommen hat oder nicht.« Kim sah sich im Zimmer um. Da musste noch etwas anderes dahinterstecken. Aber was?
Sie hatte gerade den Drucker unter dem Schreibtisch entdeckt, als Marie plötzlich zischte: »Schnell raus, da kommt jemand!«
Geistesgegenwärtig griff Kim nach den Ausdrucken, die noch in der Ablage des Druckers lagen. Franzi knipste das Licht aus und zog in Windeseile die Vorhänge auf. Blitzschnell verschwanden die drei !!! in Franzis Zimmer.
Mit pochenden Herzen saßen sie wie versteinert auf Franzis Bett. »Und nun?«, flüsterte Marie.
»Pscht«, flüsterten Franzi und Kim gleichzeitig. Für Minuten war nur der schnelle Atem der drei zu hören. Plötzlich krächzte Charly lautstark. Schritte hallten durch den Flur. Kurz darauf hörten sie Mr Appleton mit dem Papagei sprechen. Franzi, Kim und Marie atmeten erleichtert auf. Er hatte sie nicht bemerkt.

»Und jetzt nichts wie weg hier!«
Franzi griff ihren Koffer und trampelte, so schnell und so laut sie konnte, die Treppe herunter. Bevor Mr Appleton aus der Küche kommen konnte, stand sie schon neben ihm und verwickelte ihn in ein kurzes Abschiedsgespräch. Das Ablenkungsmanöver gelang. Marie und Kim konnten ungesehen das Haus verlassen.

# Jetzt kommt Licht ins Dunkel

»Was war das?« Erschrocken fuhr Kim hoch. Der Mond schien durch das Turmfenster und tauchte Kims Zimmer in bläuliches Licht. Die beiden Palmen, die auf Säulen vor dem Fenster standen, warfen bizarre Schatten an die Wand. Erneut hörte Kim ein Scheppern. Lauter noch als das, das sie eben aus dem Schlaf gerissen hatte. Es kam aus dem Hof hinter dem Hotel. Diebe, schoss es ihr in den Kopf. Sie sprang aus dem Bett und ging zum Fenster. Vorsichtig schob sie die Vorhänge zur Seite und warf einen Blick in den schwach beleuchteten Hof. Sie sah ein paar Möwen, die sich an den Mülltonnen zu schaffen machten. Ja, sie hatte die Mülldiebe soeben auf frischer Tat ertappt. Toll, noch ein neuer Fall! Ein schnell gelöster Fall. Hätten die Engländer ihre alten Blechtonnen durch Plastiktonnen ersetzt, so wie in jedem modernen Land, hätte ich heute Nacht friedlich schlummern können. Ich hätte es mir verdient gehabt, dachte Kim und schlüpfte wieder unter die Bettdecke.

Immer wieder wurde sie beim Einschlafen von erneutem Scheppern der Deckel gestört. Sie wälzte sich von links nach rechts. An Schlaf war nicht mehr zu denken. Dabei hätte sie noch zwei Stunden bis zum Aufstehen gehabt. 6:00 Uhr, puh, viel zu früh zum Aufstehen, dachte Kim und knipste die Nachttischlampe an. Schlafen oder schreiben? Wieder lärmte es aus dem Hof zu ihr hinauf. Schreiben! Sie nahm das Detektivtagebuch aus der Nachttischschublade und schlug es auf.

*Detektivtagebuch von Kim Jülich*
*Freitag, 6:03 Uhr*
*Wie wir heute den Unterricht überstehen sollen, weiß ich nicht. Pierce und seine Schlagzeilen können uns nachher bestimmt nicht vom Hocker reißen. Wir haben Wichtigeres zu tun! Die drei !!! sind definitiv wieder im Einsatz! Wir haben einen neuen Fall!!! Ich hatte recht. Das Treffen von Tony, Mr McClow und Justin Stevens war kein Zufall. Die drei stecken unter einer Decke. Da bin ich ziemlich sicher!*
*In Tonys Drucker lagen Ausdrucke von Wettscheinen. Er ist ein Spieler! Und dass da alles mit rechten Dingen zugeht, kann ich nicht glauben. Dafür hat er sich viel zu auffällig benommen. Marie und Franzi konnten es kaum glauben, als ich ihnen die Wettscheine gestern gezeigt habe, nachdem wir das Haus von Mr Appleton verlassen hatten. Alle Wetten waren auf ein Pferd abgeschlossen: Nightflyer.*

*Der Nachtportier hier im Hotel war so nett, uns so spät am Abend noch an den hoteleigenen Computer zu lassen. Wie hätten wir sonst ins Internet kommen können? Wir konnten über Nightflyer etwas in Erfahrung bringen. Nach Chestnut werden ihm gute Chancen auf einen Sieg in Aussicht gestellt. Aber alle Zeitungen sind sich einig, dass den topfitten Chestnut niemand schlagen kann. Chestnut soll in direkter Linie von dem einstigen Wunderpferd Eclipse abstammen, das zu seiner Zeit jeden Gegner weit hinter sich gelassen hat. Dass Tony also gegen einen Abkömmling von Eclipse die stolze Summe von 150.000 Pfund wettet, ist purer Leichtsinn, wie uns der Nachtportier erzählte. 150.000 Pfund! Woher hat Tony so viel Geld? Aus einem Dieb-*

*stahl? Hat er eine Bank überfallen? Hat ihm seine Großmutter so viel Geld vererbt? Wohl kaum, denn er sieht nicht wie jemand aus, der plötzlich zu viel Geld gekommen ist. Und sein Vater hält sich mit diesem kleinen Eisenwarenladen auch nur mühsam über Wasser. Vielleicht waren die 150.000 Pfund Lösegeld, das er aus einem Kidnapping erpresst hat? Unwahrscheinlich. Ich tippe eher auf regelmäßigen Wettbetrug! 150.000 Pfund! Wahnsinn! Um mehr über das System von Pferdewetten herauszubekommen, werden wir uns nach dem Unterricht mit Clark treffen. Vielleicht kann er uns ja auch noch ein paar Insiderinformationen über Mr McClow und Justin Stevens geben. Die Ermittlungen werden heute um Punkt 14 Uhr fortgesetzt – ich bin jetzt schon ganz kribbelig. Vielleicht habe ich deshalb so schlecht geschlafen. Die Möwen haben schließlich nicht das erste Mal Radau gemacht!*

»Setz dich, meine Gute!«, winkte Clark Kim herein, die in der Tür zur Bibliothek stehen geblieben war, als sie sah, dass Clark Besuch hatte. Eine elegant gekleidete Dame mit sorgfältig frisiertem weißem Haar, dick aufgetragenem Make-up, das farblich zu ihrem lilafarbenen Kostüm passte, saß im Sessel neben ihm. Mit spitzen Fingern hielt sie ihre Porzellantasse und musterte Kim mit einem Lächeln auf dem viel zu stark geschminkten Mund. Ihre veilchenblauen Augen waren hellwach. Sie setzte die Tasse auf dem Teetisch ab und streckte Kim die Hand entgegen. »Setz dich zu uns. Kim, richtig? Clark hat mir schon viel von dir erzählt.«
Auch sie sprach gut Deutsch, allerdings war ihr Akzent weit ausgeprägter als bei Clark.

»Du bist eine echte Kriminelle?«, fragte sie und zog interessiert die Augenbrauen hoch.
Kim musste lachen. Wie unhöflich von mir, dachte sie, und entschuldigte sich. »Kriminell bin ich nicht. Sie suchten sicherlich das Wort Ermittlerin, oder?«
»Ja, richtig. Verzeih, meine Liebe. Was ermittelst du?«
Bevor Kim antworten konnte, stürmten Marie und Franzi in die Bibliothek. »'tschuldigung«, murmelte Franzi. »Marie konnte sich nicht schneller von Jo trennen.«
»Blödsinn!« Marie knuffte Franzi in die Seite.
»Ich wollte gerade Mrs …«
»Sullivan«, half ihr die alte Dame weiter, ohne den Blick von Marie zu nehmen. Sie starrte sie an, als würde ein Geist vor ihr stehen.
»Alles in Ordnung?«, fragte Clark, dem nicht entgangen war, dass Mrs Sullivan Marie mit ihren Blicken fixierte.
»Die Kleine sieht aus wie … wie Abbey.« Der verwunderte Tonfall von Mrs Sullivan ließ nicht nur Clark aufhorchen.
»Wer ist Abbey? Eine berühmte englische Schauspielerin?«, fragte Marie und fühlte sich sichtbar geschmeichelt.
»Nein, sie ist die Tochter eines Bekannten. Dass ich nicht gleich gesehen habe, dass du nicht Abbey bist, lässt mich an meinem Verstand zweifeln. Oder ich brauche vielleicht doch eine Brille.«
»Margaret ist sehr eitel«, flüsterte Clark Kim erläuternd zu. »Und auch ich könnte wohl eine Brille gebrauchen. Mir ist die Ähnlichkeit der beiden nicht sofort aufgefallen. Aber jetzt, wo Margaret es gesagt hat, muss ich ihr zustimmen. Verblüffend!«

Mrs Sullivan tupfte sich die Mundwinkel mit ihrer Serviette ab, erhob sich und verabschiedete sich. »Ich habe noch so viel zu tun. Und ihr habt mit Clark wichtige Dinge zu besprechen, wie ich gehört habe. Da will ich nicht länger stören.«

»Sie ist eine längjährige und sehr liebe Freundin von mir. Doch leider sehr geschwätzig. Eine Einladung zum Frühstückstee kann sich mit ihr bis in die späten Nachmittagsstunden ausdehnen. Ihr habt mich sozusagen ein wenig gerettet. Ich hätte mir sonst noch den neusten Klatsch aus dem Königshaus anhören müssen. Margaret ist immer bestens informiert«, sagte Clark.
Nicht nur über die königliche Prominenz wusste Margaret Sullivan genaustens Bescheid. Franzi, Kim und Marie erfuhren so ganz nebenbei auch noch, dass sie erst vor ein paar Wochen ihr neues Buch beendet hatte: eine Biografie über Charles McClow. Wenn das kein Zufall ist, dachte Kim. Sie hätte der alten Dame zu gerne ein paar Informationen über den Rennstallbesitzer entlockt.
»Ist das Buch schon erschienen?«, fragte sie Clark.
Der verneinte, holte aber ein Fotoalbum hervor und zeigte stolz ein paar Fotos herum, die ihn und Margaret vor einem sehr luxuriösen englischen Herrenhaus zeigten. Um sie herum standen sehr geschmackvoll gekleidete Leute. Franzi betrachtete ein Foto mit besonderer Aufmerksamkeit. Sie glaubte, den Jockey Justin Stevens zu erkennen. Und eine junge Frau, die tatsächlich aussah wie Marie. Die Aufnahmen mussten im Frühjahr gemacht worden sein, die Kasta-

nienbäume links und rechts neben dem Haus standen in voller Blüte.

»Margaret ging es an dem Tag nicht gut, sie fühlte sich etwas schwach. So wie in letzter Zeit leider immer öfter. Also fragte sie mich, ob ich sie zu dem Treffen mit Mr McClow begleite. Während ich mir die Beine im angrenzenden Park vertrat, interviewte sie Mr McClow und seine Familie. Das hier ist er übrigens«, sagte Clark und tippte auf den Herrn neben ihm auf dem Foto. Franzi war er gleich bekannt vorgekommen. Marie musste schmunzeln, als sie Abbey auf dem Foto entdeckte. »Die sieht ja wirklich aus wie ich. Na ja, vielleicht ein paar Jahre älter, aber trotzdem eine verblüffende Ähnlichkeit. Vielleicht habe ich ja Vorfahren in England, von denen ich nichts weiß.«

»So, aber ihr seid sicher nicht hier, um euch die Fotos eines alten Mannes anzusehen. Womit kann ich euch helfen?«

Clark setzte sich aufrecht in seinen Sessel und sah Kim an.

Kim holte tief Luft. »Genau genommen geht es tatsächlich um Mr McClow«, sagte sie und berichtete von Franzis Picknick, das alles andere als das Treffen zweier Verliebter gewesen war, von den Wettscheinen und von den 150.000 Pfund Wetteinsatz, die Tony auf Nightflyer gesetzt hatte.

Nachdem Clark sich alles angehört hatte, musste auch er zugeben, dass sich das alles recht eigenartig anhörte. Unter diesen Umständen schätzte auch er das Treffen der drei Männer in Chestnuts Box nicht mehr als harmlos ein. Clark war viel zu anständig, als dass er Tony, Justin und Mr McClow eine Straftat unterstellen würde, ohne stichhaltige Beweise in der

Hand zu haben. Aber er gab den drei !!! recht, dass es in der Tat etwas gab, das ihn aufhorchen ließ und dem sie auf den Grund gehen sollten. »Nightflyer! Den sollten wir uns mal genauer ansehen!« Clark sprang auf und ging in der Bibliothek umher.

»Ihr seid drei ganz bemerkenswerte junge Damen. Und äußerst clevere Detektivinnen!«, lobte er. »Auch mich macht es stutzig, dass Tony so viel Geld hat und dieses auch noch gegen den Favoriten setzt. Aber was weiß er, was andere nicht wissen? Warum setzt er nicht auf Chestnut? Der Gewinn ist natürlich höher, wenn man gegen den Favoriten setzt und dieser dann tatsächlich das Rennen verliert. Die Quoten auf Sieg bei einem haushohen Favoriten sind denkbar schlecht. Es gibt zu viele Wetter, die auf den Favoriten setzen. Das treibt die Quoten in den Keller. Vielleicht ist Nightflyer besser in Form, als allgemein angenommen. Doch Justin Stevens wird beim *King-George*-Rennen den armen Chestnut so anpeitschen, dass er am Ende des Rennens als Sieger hervorgehen wird. Er wird alles aus dem Pferd herausholen. Ein Sieg beim morgigen Rennen in Ascot würde seiner Karriere als Jockey einen gehörigen Auftrieb verschaffen. Und gegen Nightflyer zu verlieren, wäre schon fast eine Blamage.« Clark zog die Stirn nachdenklich in Falten.

»Was überlegst du?«, fragte Kim, die Clarks Gedanken hinter seiner hohen Stirn buchstäblich hin und her springen sah.

»Ach, ich spiele nur mit dem Gedanken, ob Justin vielleicht an einem Betrug beteiligt ist. Aber er würde sein Pferd nicht zurückhalten. Nein, diese Idee ist zu absurd. Das könnte ihn

seine Karriere kosten. Fahren wir morgen doch einfach nach Ascot und schauen uns die Pferde mal genauer an! Vielleicht finden wir ja einen Anhaltspunkt. Wenn so gewiefte Detektivinnen, wie ihr es seid, einen Verdacht haben, dann wollen wir doch nicht vorzeitig die Flinte ins Korn werfen, oder?«
Clarks Augen blitzten unternehmungslustig. »Ich war schon ewig nicht mehr auf der Rennbahn. Meine liebe Tochter sieht es nicht gerne, wenn ich mein Hab und Gut verwette.«
Clarks Begeisterung für den Ausflug war ansteckend. Franzi musste lachen. Beim berühmten *King-George*-Rennen live dabei zu sein, hätte sie sich nicht träumen lassen.
Aber wie kommen wir so kurzfristig an Karten?, überlegte sie. Noch ehe sie die Frage ausgesprochen hatte, kam Clark ihr zuvor.
»Um die Karten kümmere ich mich. Wozu habe ich schließlich eine Freundin bei der Presse?«
Damit war auch das geklärt. Franzi strahlte Clark an. Kim und Marie hatten sich bereits von ihm verabschiedet. Franzi zögerte noch. Sie hatte sich zwar gestern bereits dafür bedankt, dass Clark ihr so schnell ein Zimmer hatte herrichten lassen, aber ein weiteres Dankeschön konnte nicht schaden.
»Das *Queens Hotel* ist toll! Und das Frühstücksbuffet ist himmlisch – auch wenn es etwas seltsam ist, am Morgen dicke Bohnen in Tomatensoße zu essen«, lobte sie und zwinkerte Clark zu.
»So, nun aber auch mit dir ab in die Sonne! Husch, husch!«, scheuchte Clark Franzi liebenswürdig aus der Bibliothek.

# Die drei !!! starten durch

Aus dem geplanten Nachmittag am Strand wurde also nichts. Jo war enttäuscht, als Marie ihm sagte, dass sie etwas Wichtigeres vorhatte. Zum ersten Mal sah Kim in seinen Augen so etwas wie stilles Leiden.

»Jo kann doch mitkommen«, schlug sie vor.

Kims Vorschlag stieß bei Franzi auf Widerstand.

»Ich dachte, alles, was die drei !!! im Rahmen ihrer Ermittlungen zu erledigen haben, bleibt unter uns. Kein Zaungast, kein Anhängsel und auch kein Ferienflirt. Punktum!«

»Wir ermitteln nicht. Wie bereiten uns nur vor«, sagte Kim, obwohl auch sie sonst für eine strikte Trennung von Privatem und Ermittlungsarbeiten der drei !!! war. Aber Jo sah so traurig aus, dass sie jetzt ihren Grundsatz über Bord warf.

»Von Ferienflirt kann ja wohl nicht die Rede sein«, raunte Marie Franzi leise genug zu, dass Jo sie nicht hören konnte.

»Was habt ihr denn so Wichtiges vor?«, fragte Jo unsicherer, als Marie es ihm zugetraut hätte. Wo war der selbstbewusste Jo geblieben, der einen flotten Spruch nach dem anderen abfeuerte? Hatte sie ihn mit irgendetwas gekränkt? Marie überlegte. Und je länger sie nachdachte, desto mehr Situationen fielen ihr ein, in denen sie ihn hin und her geschubst hatte. War ihr gerade langweilig, war er ihr eine willkommene Ablenkung. Brauchte sie jemanden zum Reden, wenn Franzi oder Kim außer Reichweite waren, war sie dankbar, ihm die Ohren vollquatschen zu können. Hatte sie ihm jemals wirklich gezeigt, dass sie ihn mochte? Dass sie ihn eigentlich sogar richtig toll fand? Marie zweifelte. Vor allem an ihrer Ehrlichkeit gegenüber sich selbst. Waren ihre Gefühle für Jo wirklich rein freundschaftlich? Sie hatte so heftig abgestritten, dass Jo ein Ferienflirt sein könnte, dass sie ins Grübeln kam. Sie sah ihn verstohlen aus den Augenwinkeln an. Seine braunen Augen, die sonst immer schelmisch blitzten, waren traurig. Die Schultern nach unten gezogen und seine Finger nestelten nervös am Reißverschluss seiner Sweatshirtjacke herum. Spontan hakte sie sich bei ihm unter und sagte lächelnd: »Wir werden jetzt alle zusammen nach Klamotten für meinen morgigen großen Auftritt Ausschau halten! Keine Einsprüche? Gut, dann kommt Jo mit zum Shoppen!«

Marie hatte das so vehement gesagt, dass es sowohl Kim als auch Franzi schier die Sprache verschlug. Auch Jos runtergeklappter Kiefer sprach Bände.

Marie grinste innerlich zufrieden. Wäre ja noch schöner gewesen, wenn sie noch mehr wertvolle Zeit mit der dummen Frage, ob Jo mitkommen durfte, vergeudet hätten.

Aber das Wort *Ferienflirt* ging ihr trotzdem nicht mehr aus dem Kopf. Egal wie sie zu Jo stand, mehr als ein netter Sommerflirt würde er nie für sie sein können. Wenn die Sommerferien vorbei waren, würde er zurück nach Hamburg fliegen. Hamburg! Das war so weit weg von ihrem Zuhause. Die letzte Fernbeziehung hatte ihr gereicht. Wäre sie noch mit Holger zusammen, wenn er in ihrer Stadt gewohnt hätte? Wahrscheinlich ja. Noch mal würde sie sich auf keine Fernbeziehung einlassen. Jo war nett, Marie mochte ihn, aber ihr Herz würde sie vorerst verschlossen halten. Voraus-

sehbarem Kummer musste man aus dem Weg gehen. Mit diesem Gedanken wischte sie das über ihr und Jo schwebende Wort *Ferienflirt* beiseite.
Doch bevor sie die Kleiderläden durchforsten konnten, gab es noch etwas anderes zu erledigen. Franzi wollte noch einmal zurück ins Haus von Mr Appleton. Die Ausdrucke der Wettscheine gehörten zurück in die Druckerablage! Mit einer fadenscheinigen Ausrede konnte sie Mr Appleton überzeugen, dass sie noch einmal in ihr Zimmer musste. Er glaubte ihr, als sie sagte, dass sie ihr Handy vergessen hatte. Schnell huschte sie die Treppe hinauf und legte die Ausdrucke unter die Ablage. Falls Tony gestern bereits danach gesucht hatte, konnt er das Nicht-Auffinden seiner eigenen Dusseligkeit zuschreiben. Fünf Minuten später war sie wieder bei Kim, Marie und Jo in der Fußgängerzone. Jetzt konnten sie endlich das tun, was Marie am meisten Spaß machte: shoppen gehen.

Clark staunte nicht schlecht, als er am nächsten Morgen die Hotellobby betrat und neben Kim und Franzi eine sehr elegant aussehende Marie entdeckte, die mindestens drei Jahre älter aussah. Sie trug schwindelerregend hohe Pumps, die nur von zarten Riemchen über ihren Knöcheln gehalten wurden. Ihr leichtes Sommerkleid war geradezu auffällig einfach gehalten, elegant und nicht aufdringlich. »Sehr passend«, lobte Clark und begrüßte die Mädchen. »Aber über das Gebilde da auf deinem Kopf müssen wir noch mal reden.« Kopfschüttelnd deutete er auf Maries Kunstwerk aus Hutkrempe und Haarbergen. »Das kann so nicht bleiben.«

»Aber natürlich kann es das«, sagte Marie keck und völlig überzeugt von ihrem Kopfputz. »Es hat mich Stunden gekostet, die Haare in Bögen und Wellen über dem Drahtgeflecht darunter zu befestigen. Ein Hut ohne Deckel! Tolle Idee, oder? Ich habe von meinem Strohhut einfach nur die Krempe benutzt, und aus drei Drahtbügeln den Unterbau für den Haarturm gebogen. Und die Schleife hat Kim besorgt.« Marie drehte sich einmal um sich selbst, damit Clark sich auch wirklich ein Bild von der mühevollen Arbeit auf ihrem Kopf machen konnte. »Das bleibt alles, wie es ist!«

»Liebes, so wirst du aber nicht in mein Auto passen. Na, warten wir es ab«, sagte Clark gelassen.

In der Tat war es nicht leicht, Marie samt Haarturm in den Bentley zu verfrachten, den Clark hatte vorfahren lassen. Sie musste den Kopf stark zur Seite neigen, um überhaupt irgendwie neben Franzi und Kim auf der Rückbank Platz nehmen zu können.

»Du stinkst nach Haarspray«, sagte Franzi angewidert und hielt sich die Nase zu. »Musstest du gleich 'ne ganze Tonne von dem Zeug in deine Haare sprühen?«

»Ja, musste ich. Wie hätte das sonst halten sollen?«

»Nun hört schon auf. Die zwei Stunden Fahrt werden wir schon irgendwie überstehen.« Kim versuchte wie immer zu vermitteln.

»Soll ich das Fenster runterkurbeln?«, fragte Clark und hatte auch schon die Hand an der Kurbel.

»Oh nein, bloß das nicht!«, kreischten die drei Mädchen im Chor von der Rückbank. Sie fürchteten, dass Maries stun-

denlange Arbeit vom Fahrtwind innerhalb von Sekunden dahingerafft werden würde.
»Wozu eigentlich die ganze Verkleidung?«, fragte Clark.
»Kim, erkläre du es ihm, ich kann mit dem Knick im Hals so schlecht reden.«
Nur zu gerne weihte Kim Clark in das Geheimnis hinter Maries Verkleidung ein, während der Bentley leise durch die hügelige Landschaft Südenglands in Richtung Ascot schnurrte.

In der Grafschaft Berkshire angekommen, war es nicht mehr weit bis zur Pferderennbahn. Hinweisschilder lotsten ortsfremde Besucher durch die schmalen Straßen bis hin zum Besucherparklatz der Anlage. Geschickt lenkte Clark den Bentley in den ihm vom Parkplatzwärter zugewiesenen Parkplatz. Zum Glück war der Platz neben der Limousine frei, sodass Marie wenig Probleme beim Aussteigen hatte. Sie erntete zwar einige belustigte Blicke, als sie mit dem Po zuerst wenig elegant aus dem vornehmen Wagen stieg, aber das störte sie nicht. Selbstbewusst setzte sie ihr strahlendstes Lächeln auf. Franzi und Kim wirkten wie unbedeutende Statistinnen neben ihr. Aber das waren sie gewiss nicht. Die drei !!! waren ein Team!
»Entschuldige uns bitte einen Moment«, sagte Kim zu Clark. Sie zog Franzi und Marie zur Seite. »Zeit, uns eine Extraportion Energie zukommen zu lassen, was meint ihr?«
»Hast du einen Schokoladenshop gesichtet?«, fragte Marie irritiert.
»Marie, bitte! Ernsthaft! Wir haben so gut wie keine Hinwei-

se, denen wir nachgehen können. Wir ermitteln quasi ins Blaue hinein. Da kann uns etwas anderes zur Energieübertragung viel nützlicher sein als Schokolade.«
Franzi stand nicht so auf dem Schlauch wie Marie, die offenbar ihr Hirn mit in die Haarpracht eingewebt hatte. Als Franzi die Arme nach vorne streckte, klingelte es auch bei Marie.
»Na klar, unseren Powerspruch!«
Wie konnte Marie das Ritual nur vergessen, das sie immer dann zelebrierten, wenn sie einen neuen Fall hatten oder eben besonders viel Energie brauchten – wie jetzt!
Sie stellten sich gemeinsam im Kreis auf, atmeten tief durch, legten die Hände übereinander. Dann riefen sie im Chor:
»Die drei !!!.«
Kim sagte: »Eins!«, Franzi »Zwei!« und Marie sagte verschwörerisch: »Drei!« Dann rissen sie die Arme in die Luft und riefen laut: »Power!«

Sie verließen gemeinsam mit Clark den Parkplatz und schlossen sich dem Besucherstrom an, der sich in Richtung Haupteingang bewegte. Marie fiel nicht weiter auf in ihrem eleganten Kleid und dem seltsamen Hut. Kim erspähte noch einige sehr eigenwillige Kreationen auf den Köpfen älterer und junger Frauen.
»Ich dachte, die verrückten Hüte gibt es immer nur in der *Royal-Ascot*-Rennwoche. Und die ist doch längst vorbei«, wunderte sich Franzi.
Clark hingegen amüsierte sich prächtig beim Anblick der bunten Hüte. »Ist doch wunderbar, dass die Damen auch

heute mit ihren abenteuerlichen Schöpfungen ans Licht treten. Ich finde es herrlich! Mal sehen, ob Margaret auch einen ihrer absonderlichen Hüte aus dem Schrank gezaubert hat. Ich treffe mich gleich mit ihr zu Tee und Scones im Rosenpavillon. Margaret ist leider heute nicht so gut zu Fuß. Ich werde mit ihr gemeinsam das Rennen vom Pavillon aus ansehen, sonst hätte ich euch gerne bei den Ermittlungen über die Schulter geschaut. Aber ihr werdet mir sicherlich berichten, wenn ihr etwas in Erfahrung gebracht habt. Ich verlasse mich auf euch! Ich bin sehr neugierig!«

»Puh!« Franzi atmete tief durch, nachdem sie die Kartenkontrolle und den Eingangsbereich hinter sich gelassen hatte und sich umsah. Sie hätte nie gedacht, dass sich so viele Menschen für Pferderennen interessierten. In dichten Trauben standen die Besucher vor den Snackshops und Cafés. Es gab kaum noch einen freien Stuhl unter den Sonnenschirmen und Markisen. Auf den Rasenflächen hatten es sich Familien mit Kindern auf Decken und Klappstühlen gemütlich gemacht. Der Lärmpegel war immens hoch. Ganz England schien zum Picknicken nach Ascot gekommen zu sein. Das Wetter zeigte sich von seiner besten Seite. Nicht eine Wolke trübte den strahlend blauen Himmel. Ein perfekter Tag für einen Familienausflug. An Lug und Betrug bei Pferdewetten wollte heute bestimmt niemand denken. Franzi kam sich selbst schon verbrecherisch vor. Aber können Verdächtigungen wirklich kriminell sein?, fragte sie sich und bekam ein ungutes Gefühl im Bauch.
Das Aufgebot an Sicherheitskräften hatte sie völlig unter-

schätzt. Es wimmelte nur so von Wachmännern. An jeder Ecke standen sie und beobachteten das Geschehen um sie herum. Die Sicherheitsvorschriften waren bestimmt zahlreich. Kein Wunder, schließlich gehört das *King-George*-Rennen zu den renommiertesten!
Marie wird es nicht leicht haben, dachte Franzi und begann zu schwitzen. Ob unser Plan aufgehen kann? Franzi zweifelte. Sie waren so gut vorbereitet, aber was, wenn Marie es noch nicht einmal bis zu den Boxen schaffen würde?
»Was ist los mit dir?«, fragte Marie. »Du siehst aus, als hätte dich ein Pferd geknutscht. Nur dass ich hier weit und breit kein einziges Pferd sehen kann.«
»Die Pferde sind im Führring. Gehen wir da als Erstes hin«, wich Franzi aus und übernahm die Führung. Sie erinnerte sich noch genau an den Weg. Außerdem standen überall Wegweiser. Sie lotsten die Besucher zu Souvenirshops, zu exklusiven Lederwaren, zu Reitsportgeschäften und eben auch zu den Logen, Zuschauerrängen und zum Führring. Auf dem Weg dorthin erklärte sie Kim und Marie, warum die Pferde vor den Rennen von den Zuschauern begutachtet werden können.
»Und das nur, damit man sich das Pferd vorher ansehen kann, bevor man Haus und Hof auf den falschen Hengst setzt?«, fragte Marie erstaunt. »Was für ein Aufwand. Macht das die Pferde nicht nervös?«, hakte sie nach.
»Ach, Marie, das sind alles Vollbluthengste, die sind von Natur aus hypernervös.« Franzie lachte. Aber sie hatte ja recht. Wären die Pferde hier so lammfromm wie Kaltblüter, würden sie im Leben nicht ein Rennen laufen. Einen langsamen

Marsch übers Weideland, das ja. Aber im gestreckten Galopp eine Distanz von 2400 Metern wie hier in Ascot entlangpreschen würden sie im Traum nicht. Noch nicht mal, wenn man sie mit der Reitgerte mehr als nur kitzelte. Und was interessierte ein Pferd schon die Gewinnsumme? Selbst wenn sie über eine halbe Million britische Pfund betrug, so wie in der Gruppe I, der absoluten Champions League im Galopprennsport, in der Chestnut startete? Franzi wurde schwindelig, als sie an das hohe Preisgeld dachte.

Einige der Pferde hatten den Rundgang im Führring bereits hinter sich gebracht und wurden von ihren Jockeys wieder weggeführt, als die Mädchen eintrafen. Justin Stevens stand auf dem Rasen in der Mitte und unterhielt sich mit einem jungen Mann und dessen hübscher Begleiterin. Chestnut scharrte ungeduldig hinter ihm mit den Hufen.

»Das sind unsere Zielobjekte«, sagte Franzi und deutete unauffällig auf Pferd und Jockey. Kim scannte Justin mit geübtem Blick ab. Er unterschied sich nicht besonders von den anderen anwesenden Jockeys. Sie alle trugen enge helle Hosen, Reitstiefel und knappe Jacken. Und sie waren alle klein, schmächtig und drahtig.

»Merk dir den Namen des Sponsors, der steht vorne auf seiner Jacke«, sagte sie zu Marie. »Nicht dass du vor dem falschen Jockey davonläufst! Oder dich unnötig aus der Ruhe bringen lässt.«

»*Royal Napkin*? Königliche Servietten?«, wunderte sich Marie und prägte sich den Namen und das Logo ein. Die silberfarbene Krone des Logos war auch auf die Rückseite der Jockeyjacke eingestickt. »Ein königlicher Betrüger also! Das wird ihn auch nicht vor seiner gerechten Strafe schützen«, murmelte sie.

»Wenn er überhaupt etwas Verbotenes getan hat«, erinnerte sie Franzi mit scharfer Stimme. »Wir ermitteln, aber verurteilen noch niemanden!«

Marie wurde mit jeder Minute nervöser. Sie tat zwar äußerst gelassen, aber Franzi wusste, dass auch in ihr die Anspannung stieg. Maries hibbeliges Hin- und Hergewackel in den Riemchensandalen hatte sie verraten.

»Mir geht es bestens!«, sagte Marie wenig überzeugend, als sie Franzis Blick auf ihre Knöchel bemerkte. »Die Sandalen sind so was von unbequem«, stöhnte sie, um von ihrer Nervosität abzulenken.

»Und?«, meinte Franzi gedehnt.

»Was und?«, fragte Marie zurück.

»Kann es losgehen? Kamera einsatzbereit? Und so weiter!«

»Jetzt schon?« Marie riss überrascht die Augen auf.

»Klar jetzt. Jetzt ist Chesnuts Box leer. Jetzt kannst du dich in Ruhe im Stall umsehen, ob du vielleicht übertrieben große Mengen Wasser in seiner Tränke vorfindest. Oder irgendwelche Rückstände von Hafer und Pressfutter. Du erinnerst dich?«

Natürlich erinnerte sich Marie an Clarks Vortrag über die eine Möglichkeit, ein Rennen zu manipulieren. Clark hatte sehr anschaulich beschrieben, wie gierig ein Pferd in kürzester Zeit literweise Wasser trank, wenn es einige Zeit zuvor mit Hafer und Pressfutter gefüttert wurde und nicht genug Wasser zur Verfügung hatte. Eine Nacht vor dem Rennen gab man dem armen Tier eben dieses Futter, stellte aber kein Wasser hin. Dann, kurz vor dem Rennen ließ man es so viel trinken, wie es wollte. Tja, und mit einem Wasserbauch konnte auch das allerbeste Rennpferd der Welt keinen anständigen Jagdgalopp hinlegen.

»Ich geh dann mal los, die Box auf Spuren untersuchen«, sagte Marie und ließ sich noch einmal von Franzi den Weg zu den Stallungen beschreiben, die den heimischen Pferden bereits ein paar Tage vor den Rennen während der Trainingszeit zur Verfügung standen.

Kim hörte angespannt zu. Ob sich ihr Verdacht wohl bestätigen würde?

»Und schau dir das Medikamentenbuch genau an! Es muss irgendwo in einem Kasten in der Box liegen. Wenn dir etwas eigenartig vorkommt, fotografiere jede Seite! Clark hilft uns dann schon weiter, wenn es um die Auswertung geht. Die Medikamentenbücher werden sehr kleinlich geführt! Achte auf alles!« Kim hätte Marie am liebsten noch 1000 weitere Anweisungen gegeben. Aber sie hatten das alles im Auto schon x-mal besprochen. Jetzt hieß es Daumen drücken!

Marie straffte die Schultern und stolzierte selbstsicher in Richtung Stallungen. Doch je weiter sie sich von der eigentlichen Rennanlage entfernte, desto mulmiger wurde ihr. Als der erste Sicherheitsbeamte ihr entgegenkam, rutschte ihr das Herz in die Hose. Der VIP-Ausweis, wo ist der VIP-Ausweis? Marie kramte viel zu hektisch in ihrer kleinen Tasche herum. Cool, ganz cool, Marie!, ermahnte sie sich. Margaret hat gesagt, dass ich damit überall durchkomme. Und dass das Foto ausgetauscht ist, sieht niemand, der nicht ganz genau hinsieht. Flirten, Marie, flirten! Ihre Gedanken drehten sich schneller, als ihr lieb war. Fast hätte sie vergessen, englisch zu reden, als der Mann vom Sicherheitsdienst sie nach ihrem Ausweis fragte. Auch der Wimpernaufschlag misslang beim ersten Versuch. Doch dann hatte sie sich schnell wieder unter Kontrolle. Jahrelanges Schauspieltraining zahlt sich eben doch aus. Mit einer eleganten Handbewegung und einem umwerfenden Lächeln auf den dick geschminkten Lippen reichte sie ihm den Ausweis. Ihre Nervosität war wie weggeblasen.

»*Nice to see you again, Miss McClow … How is your dad?*«

Schön sie wiederzusehen?, wunderte sich Marie erfreut. Die Frage nach dem Wohlbefinden des Vaters von Abbey McClow überging sie mit einem galanten Augenzwinkern. Na, das klappt ja alles ganz wunderbar. Die erste Hürde war genommen. Der Mann vom Sicherheitsdienst hatte sich täuschen lassen. Marie atmete erleichtert auf. Beschwingt stolzierte sie auf die Stallungen zu. Das Tor war nur angelehnt. Marie konnte ungehindert hineingelangen. Das Klacken ihrer Absätze hallte durch die Stallgasse. Nur wenige Pferde schnaubten nervös in ihren Boxen und spitzten die Ohren, als Marie eintrat.

Die siebte Box auf der rechten Seite war leicht zu finden. Franzi hat wirklich ein gutes Gedächtnis, lobte Marie in Gedanken.

Abgesehen von den Pferden war sie alleine im Stall. Die Luft war rein. Kein Pferdepfleger trieb sich hier herum, kein Jockey und auch sonst niemand, der sie stören würde. Trotzdem ging sie sehr behutsam vor bei ihrer Suche nach Beweisen. Auf Zehenspitzen schlich sie durch die Box und untersuchte die Futterkrippe. Von Pressfutter keine Spur. Auch die Eimer, die an der Boxenwand hingen, zeigten keinerlei Rückstände von etwas Verräterischem. Nur die Raufe war randvoll mit Heu. Und die Wassertränke war ebenso voll – oder ebenso halb voll – wie die der anderen Pferde. Das Hängeschloss am Medikamentenschrank war nachlässig eingehängt, aber nicht zugeschnappt. Wie unvorsichtig, dachte Marie und zückte ihr Handy. Sie fotografierte den Inhalt des Schrankes, ebenso die einzelnen Seiten des ordentlich geführten Medikamentenbuches. Außer Vitamin B konnte sie nichts entdecken, was ihr etwas sagte. Nicht nur, dass sie die medizinischen Begriffe nicht kannte, auch die englische Sprache erschwerte es ihr, den Durchblick zu bekommen. Clark wird uns da weiterhelfen können, hoffte sie. Plötzlich polterte es in der Stallgasse. Marie erschrak. Schnell duckte sie sich und spähte vorsichtig durch einen Spalt in der Boxenwand. Verdammt, ein Pfleger! Marie zog verärgert die Luft ein. Ihr Herz pochte kräftig gegen den Brustkorb. Und jetzt? Marie hatte keine Ahnung, wie sie ungesehen aus der Box schlüpfen und die Stallungen verlassen sollte. Der Futterwagen, den der Pfleger vor sich herschob, stand jetzt nur noch einen halben Meter von Chestnuts Box entfernt. *Concentrate,* las Marie auf den Säcken, die sich auf dem Wagen stapelten. Marie kombinierte: Kraftfutter, Pferdepfleger, leere Futtereimer. Gleich flieg ich auf! Der Pfleger wird gleich in die Box kommen! Schweißperlen bildeten sich auf Maries Stirn. Sie überlegte, ob sie sich schlafend stellen sollte – eine junge englische Lady, die sich am Geruch des frischen Strohs erfreut hatte und sanft ins Land der Träume geglitten war, würde sie bestimmt glaubhafter darstellen können als eine Vollblutstute, die sich in der Box geirrt hatte.

Der Zufall kam ihr zu Hilfe. Jemand rief nach dem Pfleger, der daraufhin auf dem Absatz kehrtmachte. Schnell huschte Marie aus der Box und hinter den Futterwagen. Vorsichtig checkte sie die Situation ab. So nett das Schicksal es im ersten Moment auch mit ihr zu meinen schien, schon im zweiten Moment zeigte es seine wahren Absichten. Niemand Geringeres als Justin Stevens hatte den Pfleger aus den Stallungen gerufen. Er war in Begleitung von Mr McClow. Marie blieb vor Schreck das Herz stehen, als sie die beiden mit Chestnut auf sich zukommen sah. Der Futterwagen war ihr einziger Schutz. Geistesgegenwärtig schaltete sie die Handykamera ein, als sie hörte, dass sich der Tonfall von Mr McClow verschärfte, kaum dass der Pfleger die Stallungen verlassen hatte. Sie konnte die beiden von ihrem Versteck aus nicht filmen, aber immerhin den Ton aufnehmen. Und Mr McClow brüllte mit so fester Stimme auf Justin ein, dass Marie sicher war, dass der Ton laut genug für die Aufnahme sein würde.

Als die beiden Chestnut bereits in die Box geführt hatten, drosselte Mr McClow seine Stimme auf ein erträgliches Maß. Von dem, was er sagte, verstand Marie kein Wort. Aber bei dem Jockey kam der Inhalt an, das sah Marie deutlich an seiner Körperhaltung. Er wirkte noch kleiner, wie Marie jetzt durch den Spalt in der Boxenwand sehen konnte. Doch sie bemerkte auch noch etwas! Etwas, dass nicht im

Blickfeld des Jockeys vor sich ging, denn er stand dicht neben Chestnut und kraulte ihm die Mähne.
Mr McClow hantierte, wäre nicht die Boxenwand gewesen, direkt vor Maries Nasenspitze mit einer Spritze und einer Ampulle herum. Er muss ziemlich aufgeregt sein, dachte Marie. Denn seine Hände waren so feucht, dass sich das Etikett auf der Ampulle löste und ins Stroh fiel. Marie war dankbar für den Logenplatz, den der Zufall ihr für dieses Schauspiel zugewiesen hatte. Allerdings nur für eine Sekunde. Schon in der nächsten Sekunde fühlte sie sich nicht mehr sicher hinter dem Futterwagen. Der Pfleger kam zurück, füllte den Eimer in Chestnuts Box, nickte Mr McClow und dem Jockey beim Verlassen der Box stumm zu, und wollte den Wagen weiterschieben. Der Jockey hielt ihn auf. Irgendetwas gab es scheinbar noch zu besprechen. Es ging um die Futtermenge für Chestnut. Justin führte Chestnut aus der Box und verließ gemeinsam mit Mr McClow und dem Pfleger den Stall. Marie atmete erleichtert auf, als die Stimmen der drei Männer immer leiser wurden. Ihr fielen 1000 Felsbrocken vom Herzen. Puh, sie war unentdeckt geblieben. Jetzt aber nichts wie raus hier! Eine Sache durfte sie nicht vergessen: das Beweisstück!
Sie huschte in die Box, bückte sich nach dem heruntergefallenen Etikett und wollte sich endgültig verdrücken.
In dem Moment wieherte das Pferd in der Box neben Chestnut auf und trat heftig mit dem Vorderhuf gegen die Boxenwand. Marie kreischte erschrocken los. Damit hatte sie sich verraten. Der Jockey kam zurück zur Box. Marie bekam Panik!

Du siehst aus wie die Tochter des Rennstallbesitzers, benimm dich auch so, schoss es ihr blitzartig durch den Kopf.

Es half alles nichts. Kein affektiertes Getue, kein Wimpernklimpern, kein sonstiger Versuch, den Jockey um den Finger zu wickeln. Er fiel nicht für eine Sekunde auf Maries schauspielerische Höchstleistung herein. Unbeeindruckt zerrte er sie aus der Box. Marie hatte nicht geahnt, welche Kraft so ein kleiner, schmächtiger Mann haben konnte. Mit festem Griff und wenigen Worten schleifte er sie in den Futterraum, als sei sie ein Strohsack. Dann knallte er die eiserne Tür zu und dampfte ab. Völlig verblüfft starrte Marie auf die geschlossene Tür. Sie hatte noch nicht so ganz begriffen, was in den letzten 13 Sekunden passiert war. Nur so viel: Sie war ihm im Weg, sie schien zu viel zu wissen! Neugierige Nasen, die in seinen Angelegenheiten herumschnüffelten, schätzte Justin wohl nicht gerade.
Den Rennstart werde ich wohl verpassen, wenn ich hier nicht innerhalb der nächsten Minuten wieder rauskomme, dachte Marie und suchte nach einer Möglichkeit, die Tür aufzubrechen. Eine Hut- oder Haarnadel würde bei diesem Sicherheitsschloss nicht weiterhelfen. Verzweiflung machte sich in Marie breit.

# Marie in Rage

Kim und Franzi hatten sich mit Sandwiches und Ginger Ale versorgt und warteten gespannt auf den Rennstart. Dass Marie noch nicht wieder zurück war, wunderte sie nicht, denn auf den hohen Schuhen war sie nicht die Schnellste.
So kurz vor dem Rennstart wuchs die Anspannung der Zuschauer. Nervosität machte sich breit und stillstehen konnte kaum noch jemand. Die Besucher, die sich in den Glaslogen einen Platz erkauft hatten, klebten mit ihren Nasen fast an den Fensterscheiben oder hatten ihre Ferngläser auf die Stelle gerichtet, an der die Schiebetüren geöffnet waren.
Als der Startschuss fiel, musste Franzi ihren Hals recken, um überhaupt etwas sehen zu können. Unzählige Hüte versperrten ihr die Sicht. Sie griff nach Kims Hand und zog sie näher an die Rennbahn heran, direkt an die Absperrung. Die lauter werdenden Stimmen überhörte sie einfach. Dass Drängeln nicht die feine englische Art war, war ihr klar. Aber wann hatte sie schon mal die Gelegenheit, ein so wichtiges Pferderennen aus der Nähe zu sehen?
Ein Meer aus Pferdeleibern preschte an ihnen vorbei. Das Knarzen der Ledersättel vereinte sich mit dem rhythmischen Schnauben der Vollblüter. Hufe donnerten über die Bahn, die sieben Jockeys feuerten ihre Pferde an und die Zuschauer ihre Jockeys. Grasstücke flogen hoch und der Boden bebte.
Im ersten Bogen der dreiseitigen Bahn liefen die Pferde noch dicht gedrängt. Doch schon kurz darauf lösten sich drei der Pferde aus der Menge und übernahmen die Führung. Dicht

an dicht galoppierten sie nebeneinander, die Jockeys schienen zu fliegen. Nach dem zweiten Bogen löste sich ein Brauner und zog den anderen Pferden davon.
»Es ist Chestnut!«, jubelte Franzi aufgedreht. »Er hat die Führung übernommen!«
Der dritte Bogen lag bereits knapp hinter den Pferden, als der schwarze Hengst Nightflyer an Chestnut vorbeizog. Der Berichterstatter, dessen Stimme per Lautsprecher das Rennen begleitete, überschlug sich förmlich. Immer wieder feuerte er Chestnut an, der immer weiter zurückfiel. Nightflyer ging mit einer halben Länge in Führung. Chestnut geriet auf den letzten Metern der Zielgeraden ins Straucheln, dann brach er aus der Bahn aus und Justin sah kurz darauf nur noch den wehenden Schweif von Nightflyer vor sich. Das Rennen war für den Favoriten gelaufen. Einige Männer tobten wutentbrannt und ballten die Fäuste. Nightflyer galoppierte mit einer viertel Länge Vorsprung als Sieger durchs Ziel.
Viele Zuschauer warfen jubelnd ihre Hüte in die Luft. Einige grinsten still in sich hinein. Sie hatten auf das richtige Pferd gesetzt. Wie Tony!
Der Applaus für Nightflyer, der Chestnut so überraschend geschlagen hatte, brandete so laut wie die Wellen an der englischen Südküste, wenn der Wind sie gegen die Klippen peitschte. Aber er ebbte schneller wieder ab, als das stürmische Meer sich je beruhigen würde. Die Enttäuschung über die Niederlage von Chestnut stand in viele Gesichter geschrieben.
Auch Franzi kam schnell wieder zur Besinnung. Im Rausch

des Geschehens hatte sie für knapp drei Minuten vergessen, weshalb sie in Ascot waren. Bis Kim neben ihr knurrte:
»Ganz klar, das war ein abgekartetes Spiel. Hoffentlich liefert Marie uns gleich die Beweise!«
Bei der Siegerehrung von Nightflyer erhärtete sich Kims Verdacht. Der Besitzer des Hengstes strahlte über das ganze Gesicht. Und Mr McClow hatte sichtbar Mühe, eine betrübte Miene zu machen. Kim meinte, ein belustigtes Funkeln in seinen Augen zu sehen. Und als er dann auch noch Justin ein aufmunterndes Lächeln schenkte, stand für sie fest, dass das Rennen ganz nach seinem finsteren Plan verlaufen war.
Nur der Besitzer von Chestnut, der mit zusammengekniffenen Lippen den Preis für den zweiten Platz entgegennahm, kochte fast über vor Wut. Sein Kopf war knallrot und die Blicke, die er Justin entgegenfeuerte, wünschte Kim ihrem ärgsten Feind nicht.
»Wo bleibt nur Marie?« Ohne eine Antwort von Franzi abzuwarten, wählte Kim Maries Handynummer. Dass kein Freizeichen ertönte, sondern der Spruch »Der Teilnehmer ist vorübergehend nicht erreichbar«, machte sie stutzig.
»Sie hat doch ihr Handy nicht ausgeschaltet, oder? Warum sollte sie das tun?«
»Damit wir sie in einer brenzligen Situation nicht stören?«, kam die Gegenfrage von Franzi.
»Das Rennen ist gelaufen. Chestnut wird jede Minute wieder in seiner Box sein. Der läuft die nächsten sechs Wochen kein Rennen mehr. Wir sollten nachsehen, wo Marie steckt!«

Schon bei den Sicherheitskräften, die den Jockeybereich abschirmten, war Schluss mit Kims und Franzis Suche nach Marie. Bis zu den Stallungen schafften sie es gar nicht erst. Frustriert suchten sie nach Clark, den sie im Rosenpavillon beim Teetrinken mit Margaret fanden.
»Ein tolles Rennen! Wir haben es auf dem Monitor verfolgt«, sagte Margaret zur Begrüßung.
Kim kam ohne Umschweife zum Thema: »Marie ist verschwunden.«
Anders als erhofft wussten weder Margaret noch Clark, was sie nun tun konnten.
»Die Männer vom Sicherheitsdienst nehmen ihren Job sehr ernst, meine Lieben. Es ist schon ein Wunder, dass Marie es überhaupt geschafft hat, sich überzeugend als Tochter von Mr McClow auszugeben. Dummerweise hat sie jetzt meinen Ausweis, sonst könnten wir ohne Probleme zu den Stallungen gelangen«, sagte Margaret und machte ein bedrücktes Gesicht. »Ich fühle mich für das Mädchen verantwortlich. Ich immer mit meinen dummen Ideen«, rügte sie sich. Kim und Franzi war klar, dass sie auf den gefälschten VIP-Ausweis anspielte.
»Warten wir, bis die letzten Rennen des Tages gelaufen sind«, schlug Clark vor. »Wenn Marie bis dahin nicht wieder aufgetaucht ist, sehen wir weiter.«

Marie tauchte nicht auf. Die Rennbahn leerte sich schnell, als Wolken aufzogen und den Himmel verdunkelten. Nach den ersten dicken Regentropfen, die laut prasselnd gegen die futuristische Glasfassade klatschten, waren keine Besucher

mehr auf dem Gelände. Nur Kim, Franzi, Clark und Margaret harrten noch im Rosenpavillon aus.
»Mir reicht's!«, rief Kim schließlich und sprang auf. »Es sind eh keine Wachleute mehr da, vielleicht noch der Stallmeister. Aber den können wir bestimmt überzeugen, dass wir harmlose Besucher sind, die nur nach ihrer verschollenen Freundin suchen!«

Kim sollte recht behalten. Als sie zu viert und völlig durchnässt vor dem Stallmeister und einem müden Sicherheitsbeamten standen und ihm die Situation erklärten, guckte der zwar etwas schief, willigte aber ein, die vier auf ihrer Suche nach Marie zu begleiten. Die fadenscheinige Erklärung, Marie liebe Pferde über alles und habe sich bestimmt nur verlaufen, nahm er ihnen nicht so ganz ab. Aber er gab sich die größte Mühe, nicht zu misstrauisch zu sein. Margarets Anwesenheit war eine große Hilfe. Die alte englische Lady, die seit Jahren für die *Racing Post*, die angesehenste Tageszeitung des englischen Pferderennsports, schrieb, führte sicher nichts Böses im Schilde. Ein Pferd wollte sie bestimmt nicht entführen, das war auch dem Mann vom Sicherheitsdienst klar.
Nur der Stallmeister grummelte. Eigentlich wollte er die Pferde jetzt füttern – in Ruhe! Damit auch ihr Tag endlich zu Ende war und sie sich von den Rennen erholen konnten. Jede weitere Aktion konnte die ohnehin nervösen Tiere noch mehr aufregen und um die wohlverdiente Nachtruhe bringen. Er bat Franzi, Kim, Margaret und Clark eindringlich, so leise wie möglich zu sein.

Es war gar nicht so leicht, nach der vermissten Freundin zu rufen, wenn man dabei nicht laut sein durfte. Im Flüsterton riefen sie abwechselnd nach Marie. Je näher sie den letzten Boxen kamen, desto mehr schwand in Franzi die Hoffnung, Marie hier zu finden. Aber wo sonst könnte sie sein? Sie hatten zuvor bereits das ganze Gelände abgesucht. Hatten jeden Wachmann, Kellner und wer sonst noch zu greifen war, angesprochen und nach ihr gefragt. Teilnahmsloses Kopfschütteln war stets die Antwort gewesen.
Auch die Pferde in den Boxen sahen nur irritiert von ihrem Futter auf, als die vier in ihre Boxen schauten.
Plötzlich hallte ein lautes Klopfgeräusch durch die Stallgasse und unterbrach die behagliche Ruhe. Der Stallmeister packte Kim wütend am Arm.
»Ich habe nicht geklopft«, verteidigte sie sich, ehe er etwas sagen konnte.
Da hörten sie es wieder! Tock – tock – tock.
Es kam aus der Futterkammer, die der Stallmeister sofort öffnete, nachdem auch er das Geräusch geortet hatte.
Wutentbrannt stürmte Marie aus der Futterkammer und schimpfte lautstark. Ihre zuvor so kunstvoll drapierte Haar-Kreation hing nur noch schlaff über die Hutkrempe. Die hohen Schuhe hatte sie ausgezogen und an den Knien klebte verkrustetes Blut.
»Alles halb so wild!«, sagte sie müde, als sie Franzis besorgten Blick sah. Schon zeterte sie weiter. »Aber wenn ich den Kerl erwische, dann …«
Sofort warfen ihr alle ein leises »Psst« entgegen.

# Ein mieser Betrüger

»Hätte ich geahnt, dass das doofe Ding beim Filmen den ganzen Akku verbraucht, hätte ich mir ein anderes Handy gekauft«, schimpfte Marie noch immer, als sie im Auto saßen und den Parkplatz in Ascot verließen.
»Ich würde euch zu gerne vorspielen, was Mr McClow zu Justin gesagt hat. Ich habe nämlich kein Wort verstanden. Aber ohne Akkus …«

»Das ist Cockney-Englisch«, sagte Margaret, nachdem Franzi Marie die Akkus aus ihrem Handy gegeben hatte, die glücklicherweise von Maries neumodischem Gerät akzeptiert wurden, und die ersten Sätze zu hören waren.
»Cockney … was?« Franzi verstand nichts.
Auch Clark schaute Margaret verständnislos an. Allerdings nicht, weil er nicht wusste, was Cockney war, sondern weil er nicht geahnt hatte, dass Mr McClow es sprach.
»Cockney wurde früher in den wirklich armen Vierteln von London gesprochen. Ich dachte aber, Mr McClow sei von Haus aus ein feiner Pinkel – wie ihr in Deutschland sagen würdet«, klärte er die Mädchen über seine Verwunderung auf.
Margaret druckste kurz herum, dann erzählte sie, dass eigentlich niemand wissen sollte, dass Mr McClow aus einem armen Elternhaus stammte. Zumindest waren seine Eltern arm, bis er zur Schule kam. Sein Vater war irgendwie zu viel Geld gekommen. Man munkelte von einem heißen Tipp, der ihm an der Börse viel Geld eingebracht hatte. Über

Nacht war die Familie McClow plötzlich reich. Um es kurz zu machen: Er kaufte seinem Sohn erst ein Pferd, dann einen ganzen Rennstall – das heutige *Success Estate*, was so viel bedeutet wie ›erfolgreiches Gutshaus‹. Und erfolgreich wurde der Rennstall ja auch, wie wir heute wissen. Um ihre Herkunft zu verleugnen, gewöhnten sich die McClows ihren Dialekt ab. Nur wenn Mr McClow wütend wird, fällt er noch ab und an in das verräterische Cockney-Englisch zurück.«

»Und dass er übel gelaunt war, ist unschwer zu erkennen, so wie er den armen Justin angebrüllt hat«, sagte Clark. Mit verschwörerischer Stimme fuhr er fort:

»Margaret hat mir vorhin ein paar Dinge erzählt, die werden euch sicherlich interessieren. Justin ist nämlich für Mr McClow nicht bloß ein gewöhnlicher Jockey, sondern …«

Ausgerechnet jetzt, wo es versprach, spannend zu werden, klingelte Kims Handy. »*Michi*«, leuchtete auf dem Display auf. Kim nahm ab. Noch ehe er auch nur ein Wort sagen konnte, sprach sie gehetzt ins Telefon. »Ich kann jetzt nicht mit dir reden! Clark erzählt gerade etwas super Spannendes! Michi, wir haben einen neuen Fall. Und dank Clarks Hilfe ist er auch schon so gut wie gelöst! Ich melde mich später.«

Zu gerne hätte Kim Michi alles ausführlich erzählt, aber sie platzte fast vor Neugier auf das, was Clark von Margaret erfahren hatte.

*Detektivtagebuch von Kim Jülich*
*Samstag, 21:48 Uhr*
*Nachdem Margaret uns die Aufnahme des Gespräches zwischen Justin und Mr McClow übersetzt und die Hintergründe erzählt*

*hatte, wurde Marie, Franzi und mir so einiges klar. Auch wenn Marie keine Hinweise auf eine mögliche Manipulation des Rennens gefunden hatte, wissen wir jetzt, was geschehen ist. Der Verdacht, dass Mr McClow Chestnut gedopt hat, konnte nicht bestehen, denn die Ampulle, deren Etikett Marie im Stroh gefunden hatte, wies lediglich auf Insulin hin. Und das brauchte Mr McClow für sich. Margaret weiß viel über ihn, da sie ja unzählige Stunden mit ihm verbracht hatte während der Buchrecherche. Und sie wusste, dass er Diabetiker ist, deshalb auch das Insulin, das er sich gespritzt hat. Marie konnte das nur nicht sehen, weil sie in dem Moment abgelenkt war. Margaret weiß aber noch viel mehr über Mr McClow. Und über Justin und die Tochter von Mr McClow! Wir werden morgen zusammen mit Clark noch einmal nach Ascot fahren und unser Beweismaterial auf den Tisch legen. Besser gesagt: Wir werden dem Jockeyclub die Handyaufnahme vorspielen. Clark meinte, dass der Jockeyclub für Verstöße gegen die Regeln im Pferderennsport zuständig ist. Um ganz sicherzugehen, dass dies das einzig Richtige ist, habe ich Kommissar Peters eine Nachricht auf seinem Anrufbeantworter hinterlassen (wieso ist er auch nie zu erreichen, wenn wir ihn ganz dringend brauchen? Stöhn!). Hoffentlich ruft er mich gleich morgen früh zurück. Ich möchte jetzt nichts Falsches tun. Vielleicht hätten wir auch die englische Polizei einschalten sollen, aber Franzi und Marie wollen auf Clark hören. Ich vertraue auf Kommissar Peters' Meinung. Bisher hat er uns noch nie im Stich gelassen. Wie gut, dass Maries Vater ihn so gut kennt. Er kann nicht nur ihm weiterhelfen, wenn es um die Rolle des Hauptkommissars Brockmeier geht, sondern auch Franzi, Marie und mir, wenn es wirklich brenzlig wird! Und*

*jemanden der Rennmanipulation anzuklagen, noch dazu vor der höchsten Aufsichtsbehörde des englischen Pferderennsports, ist kein Pappenstiel. Ich fühle mich sicherer, wenn ich von einem Polizisten das Okay habe. Am Ende vernichtet der Jockeyclub unser einziges Beweismaterial und tut so, als ob nichts geschehen ist. Wer weiß das schon.*
*Die Rückfahrt von Ascot nach Eastbourne war für die drei !!! in jedem Fall sehr aufschlussreich! Dass Justin das Rennen manipuliert hat, ist klar wie dicke Tinte! Und Mr McClow hat ihn angestiftet! Und Tony, den Justin noch aus der Schule kannte und der anscheinend noch nie sonderlich hell im Kopf war, haben die beiden nur benutzt. Trotzdem tut er mir nicht leid, er hätte ja auch Nein sagen können. Hat er aber nicht. Scheißkerl! Er hat sich noch nicht mal gewundert, das Mr McClow ihm so viel Geld anvertraut hat. Er war einfach nur der dumme Handlanger.*

*Geheimes Tagebuch von Kim Jülich*
*Samstag, 22:10 Uhr*
***Lesen für Unbefugte (alle außer Kim Jülich) streng verboten! Finger weg, Franzi und Marie! Auch wenn ich vor Kummer verhungere, dieses Tagebuch darf NIEMAND lesen. Weder jetzt noch in aller Ewigkeit. Selbst wenn ich eine berühmte Detektivin oder Schriftstellerin werde, darf auch mein zukünftiger Biograf diese Zeilen NIEMALS in die Finger bekommen.***
*Armer Michi! Ich habe ihn vorhin am Handy schon wieder abgewürgt. Er ruft aber auch immer in den unpassendsten Momenten an. Und als ich ihn eben zurückgerufen habe, hat er das*

*Gespräch einfach weggedrückt. Ich glaube, er liebt mich nicht mehr. Wenn er mich wirklich und ganz doll lieben würde, hätte er mehr Verständnis für mich und die drei !!!.*
*Er weiß doch, dass ich mein ganzes Herzblut in jeden Fall stecke. Fühlt er sich vernachlässigt? Ich bin sooo traurig. Wenn er mich nicht so akzeptiert, wie ich bin, dann ist es nicht die wahre Liebe. Aber ich liebe ihn – mehr noch als jeden Fall. Für mich ist Michi die wahre und einzige Liebe.*
*Oh mein Michi! Hoffentlich sprichst du bald wieder mit mir. Bitte, bitte, bitte! Ich weiß nicht, wie ich sonst die restlichen Wochen ohne dich in England überstehen soll.*
*Ich vermisse ihn so schrecklich. Vielleicht sollte ich ihm eine SMS schicken und ihm sagen, dass ich morgen Abend mindestens drei Stunden mit ihm telefonieren möchte – ganz egal, was das kostet! Im Notfall darf ich doch auch mal meine Handyrechnung überstrapazieren, oder? Und das hier könnte zu einem echten Notfall werden. Ein Notfall in Sachen Liebe!*
*So, und jetzt bin ich hundemüde und werde ins Bett gehen. Der Tag war mehr als anstrengend. Puh!*

Die dicken Regenwolken, die am Vorabend den Himmel von London bis Eastbourne verdunkelt hatten, waren bis zum nächsten Morgen weitergezogen.
Strahlender Sonnenschein und eine leichte Brise vom Meer zogen Jogger und Spaziergänger schon früh an den Strand. Doch für die drei !!! begann der Sonntagmorgen superhektisch. Franzi und Kim hatten verschlafen. Hätte Clark sie nicht geweckt, hätten sie bestimmt am Mittag noch im Bett gelegen. Marie, die es ja noch nie so mit der Pünktlichkeit

hatte, war also nicht die Einzige, der an diesem Morgen die Zeit davongerannt war. Nur dass sie eine wirklich gute Erklärung für ihre Verspätung hatte.

»Es hat Stunden gedauert, das ganze Haarspray rauszuwaschen. Niemals wieder fasse ich eine Dose Haarspray auch nur an!«, schwor sie genervt, als sie mit frisch gewaschener, aber ungestylter Mähne am gedeckten Frühstückstisch im Hotel auftauchte. Viel Zeit zum Frühstücken blieb ihnen nicht.

Bereits auf der Rückbank des Bentleys sitzend, kaute Franzi noch immer auf dem Rest ihres Butterscones herum. Auch Marie knabberte noch an ihrem Croissant. »Was für ein Stress! Und das am Sonntagmorgen«, stöhnte sie.

»Jammer nicht. Die Herren vom Jockeyclub sitzen bestimmt schon seit Sonnenaufgang über den Rennberichten von gestern und analysieren die Zusammenfassung«, sagte Margaret und fuhr mit belehrender Stimme fort: *»The early bird ...«*

»Jaja, der frühe Vogel fängt den Wurm«, unterbrach Marie sie und vollendete das englische Sprichwort. »Ich habe schon verstanden.«

»Junges Fräulein, wir können froh sein, dass der Vorsitzende des Jockeyclubs uns überhaupt empfängt. Sonntags ist ihr Terminplan stets rappelvoll.«

Marie schenkte Margaret ein strahlendes Lächeln und hauchte ein ernst gemeintes »Danke schön«. Sie war nicht nur dem Vorsitzenden dankbar. Ohne Margaret hätten sie, Kim und Franzi wahrscheinlich noch nicht mal an der Logentür klopfen dürfen.

Klopfen durften sie, so viel sie wollten. Trotzdem dauerte es

eine Ewigkeit, bis sich überhaupt jemand um sie kümmerte. Ein ernst dreinblickender Herr öffnete die Tür und bat um Geduld. Der Jockeyclub erwartete noch jemanden, der ebenso kurzfristig um einen Termin gebeten hatte.
Es war Mr McClow, der kurze Zeit später wie mit Scheuklappen an Kim, Franzi, Marie und Margaret und Clark vorbeirauschte.
»Der kommt ja wie gerufen«, flüsterte Clark Margaret zu.
»Was will denn der hier?«, fauchte Franzi verblüfft.

Warum Mr McClow den Aufsichtsrat so dringend sprechen wollte, erfuhren sie dank der dünnen Wände und eines sehr aufgebrachten Vorstandsmitgliedes des Jockeyclubs nur ein paar Sekunden später.
Einen besseren Simultanübersetzer als Clark hätten sich die drei !!! nicht wünschen können. Sie glaubten ihren Ohren nicht zu trauen, als Clark den Inhalt des Gespräches zum Besten gab. »Mr McClow beschuldigt Justin Stevens, Chestnut zurückgehalten zu haben?«
Franzi konnte es nicht glauben.
»Noch viel schlimmer ist, er hat Beweise! Tonbandaufzeichnungen!«, sagte Clark und spitzte wieder die Ohren.
Kim wünschte, Kommissar Peters würde in dieser Minute zurückrufen und ihr einen Tipp geben, was sie jetzt tun sollten. War es wirklich richtig, sich in dieses Kuddelmuddel einzumischen? Vielleicht hatte Marie auch nur einen Teil des Gespräches aufgezeichnet. Und alles war in Wirklichkeit ganz anders. Kim versuchte auf ihren Bauch zu hören. Aber ihr Bauch schwieg.

»Der Vorsitzende glaubt ihm. Das bedeutet viel Ärger für Justin Stevens. Er wird auf Lebenszeit kein Rennen mehr reiten dürfen. Berufsverbot lautet das Urteil.« Clark schüttelte immer wieder ungläubig den Kopf.
»Mir reicht es!«, sagte Kim und nahm all ihren Mut zusammen.
Sie straffte die Schultern und drückte die Türklinke herunter. Franzi und Marie folgten ihr und stellten sich unterstützend neben sie, als sie vor den Aufsichtsrat trat.
So gut es ihr Englisch zuließ, schilderte Kim, was sie wussten. Marie fügte die Hintergrunddetails hinzu, die sie von Margaret erfahren hatten.
Obwohl in den Ohren der drei !!! alles logisch klang, was sie von sich gaben, sahen die Männer vom Aufsichtsrat sie verständnislos an. Mehr noch. Sie wurden wütend, weil die drei Mädchen sich in Sachen eingemischt hatten, die sie nichts angingen. Kurzerhand wurden Kim, Franzi und Marie aus dem Sitzungssaal hinausgeworfen. Niemand glaubte ihnen. Und demnach hatte auch niemand Interesse, auf den Abspielknopf des Handys zu drücken. Da half alles Zetern von Marie nichts. Und das Schlimmste war, sie behielten das Handy mit den Worten: »Man darf Gespräche Erwachsener nicht einfach so aufzeichnen. Es gibt Persönlichkeitsrechte! Zumindestens hier in England!«
Jetzt ist alles aus. Kim stöhnte laut auf. Justin muss ins Gefängnis! Und es war Mr McClow, der ihm diesen Schlamassel eingebrockt hatte. Er war es, der Justin unter Druck gesetzt und überhaupt erst in diese Situation gebracht hatte. Wütend ballte Kim die Fäuste und war kurz davor, erneut

vor den Vorstand zu treten und ihm gehörig die Meinung zu geigen.
Dann ging alles ganz schnell. Bevor Kim die Fäuste schwingen konnte und sich damit mehr als unbeliebt gemacht hätte, griff ein Polizist, der plötzlich mit zwei Kollegen aufgetaucht war, ihre Handgelenke und redete beruhigend auf sie ein. Seine beiden Kollegen betraten währenddessen den Sitzungssaal. Clark übersetzte für die verwirrten Mädchen, was der Polizist sagte. Nur für den Fall, dass er zu schnell sprach, um von den drei Sprachschülerinnen verstanden zu werden.
»Der Polizist sagt, dass er eine Nachricht von einem Kollegen aus Deutschland erhalten habe. Kann das sein?«, fragte Clark und sah Kim an. Auch Marie und Franzi warfen ihrer Freundin neugierige Blicke zu.
»Kommissar Peters hat ihn angerufen?«, fragte Kim erstaunt. Der Polizist nickte, als der Name des deutschen Kollegen fiel.
Kim atmete erleichtert auf. Der Polizei würde der Aufsichtsrat bestimmt mehr Aufmerksamkeit schenken als drei Minderjährigen, die noch nicht mal in der Lage waren, vernünftig zu erklären, was sie überhaupt wollten. Blöde Sprachbarriere, dachte Kim und nahm sich vor, in Zukunft noch härter an ihren Englischkenntnissen zu arbeiten.
Im Beisein der Polizisten lauschten der Aufsichtsrat und auch Mr McClow nicht nur den Handyaufzeichnungen, sondern auch noch Maries Zusammenfassung von Margarets schlüssigen Kombinationen – ohne natürlich die Quelle dieser Informationen preiszugeben. Sie wollte Margaret nicht in eine unangenehme Situation bringen. Denn wer er-

zählte in Zukunft noch gelassen über sein Privatleben, wenn er damit rechnen musste, dass die Reporterin auch die geheimsten Informationen nicht für sich behalten konnte? Obwohl man damit ja eigentlich immer rechnen musste – schließlich sind Reporter skrupellos, oder? Wie auch immer. Marie akzeptierte, dass weder Margaret noch Clark tiefer mit in die Sache hineingezogen werden wollten. Seit die Polizei aufgetaucht war, hatten die beiden sich in den Bentley verzogen.

Der Mr McClow, der vor fünf Minuten noch ausgesehen hatte wie ein Mann, den man hintergangen und betrogen hatte, der, der aussah, als hätte er alle Macht der Welt – dieser Mr McClow sah jetzt aus wie das heulende Elend. Er sah aus wie ein gebrochener Mann. Fühlte er sich plötzlich doch mies, weil er Justins Karriere zerstören wollte? Oder lag es an der Peinlichkeit, die die Aufdeckung seines Planes mit sich brachte? Kim konnte es sich nicht erklären. Sie sah nur, dass er in Sekunden um Jahre gealtert war. Zittrig wie ein Greis griff Mr McClow nach der Lehne des erstbesten Stuhles, um sich daran festzuklammern wie ein Ertrinkender an einem Rettungsring. Plötzlich griff er sich ans Herz, rupfte hektisch den Knoten seiner Krawatte auf und schnappte wie ein Fisch auf dem Trockenen nach Luft. Dann stammelte er irgendetwas von Justin, dass er es doch nur für ihn getan hätte. Und für seine Tochter. Das, was Kim verstanden hatte, kombiniert mit dem, was sie von Margaret wussten, reichte ihr, um endlich zu verstehen, warum Mr McClow den Rennbetrug inszeniert hatte.

Eigentlich hätte es eine sehr rührende Geschichte sein können, wenn nur nicht so viel kriminelle Energie mit hineingeströmt wäre. Ein paar klärende Worte und alles wäre gut gewesen. Diese Erwachsenen denken manchmal einfach zu kompliziert, stöhnte Kim innerlich auf.
Mr McClow wurde wegen Anstiftung zum Rennbetrug verhaftet und abgeführt. Was aus Justin und Tony werden würde, stand in dieser Stunde noch nicht fest. Aber dass Justin sich ebenfalls vor dem Jockeyclub zu verantworten hatte, war für alle klar. Und Tony? Saß der mit einem Haufen Geld, welches ihm noch nicht einmal gehörte, in seinem Zimmer und zählte breit grinsend die Scheine, die dank Justins Tipp überraschend auf ihn niederschwebten wie Schneeflocken im Sommer? Sein plötzlicher Reichtum würde ebenso schnell dahinschmelzen.

Auf der Rückfahrt nach Eastbourne schilderten die drei !!! Clark und Margaret abwechselnd, was im Sitzungssaal vorgefallen war.
»Was aus den dreien werden wird, können wir sicherlich morgen in der Zeitung lesen«, sagte Margaret mit einem Augenzwinkern, nachdem Marie mit einem lauten »Fall gelöst!« ihren Bericht beendet hatte.
»Fein, dann kennen wir die Schlagzeile von morgen ja schon vor allen anderen in der Klasse. Wir sind klar im Vorteil, wenn es um die Übersetzung geht. Und das an einem Montagmorgen, wo unsere Gehirne doch nur zu gerne noch auf Wochenende geschaltet sind!« Franzi grinste breit wie ein Honigkuchenpferd, wie Clark es so gerne nannte.

# Federwolkenleichte Küsse

Pierce wartete bereits im Klassenraum, als nach und nach lustlos die Sprachschüler und -schülerinnen eintrafen. Eine große Antriebslosigkeit lag im Raum.

»Ich sehe schon, euch ist montagmorgens allen nicht nach Lernen. Dieses Phänomen kennt wohl jeder Lehrer. Verbinden wir doch einfach das Unumgängliche mit dem Schönen. Raus an die Luft!«

Am Rand des Footballfeldes, im Schatten dreier mächtiger Eichen, standen Bänke und Tische. Es dauerte ein paar Minuten, bis jeder einen Platz gefunden hatte. Die kitzelnden Sonnenstrahlen auf der Nasenspitze, die vereinzelt ihren Weg durch das Blattwerk der Bäume fanden, schraubten die Stimmung augenblicklich nach oben.

Kim, Marie und Franzi sahen erwartungsvoll zu Pierce. Ob die *Eastbourne Daily Post* tatsächlich etwas über Ascot geschrieben hatte? Kim konnte es kaum erwarten, dass Pierce die Tageszeitung endlich verteilte.

Tatsächlich! *»Scandal on the racecourse«,* prangte in dicken Lettern auf der Titelseite. »Seht her! Hier steht es schwarz auf weiß: ›Skandal auf der Rennbahn!‹, sagte Kim und hielt Franzi und Marie die Zeitung direkt vor die Nase. Ein stolzes Grinsen machte sich auf ihrem Gesicht breit. Auch Franzi und Marie vertieften sich augenblicklich in den Artikel. Jo, der wie immer einen Platz neben Marie ergattert hatte, versuchte sie mit einem Witz über die Merkwürdigkeiten der Engländer abzulenken. Vergebens. Marie war so in die Zei-

tung vertieft, dass selbst ein grüner Elefant mit Flügeln sie nicht hätte ablenken können. Selbst dann nicht, wenn er die britische Fahne als Taschentuch benutzt hätte.
»Wie ich sehe, hat euch der Ehrgeiz gepackt. Dann mal los ihr drei, in 20 Minuten möchte ich die Übersetzung des Artikels hören«, sagte Pierce. »Das gilt für alle Anwesenden!«
Jo spickte immer wieder auf Maries Heft. »Hey, du bist echt gut in Englisch«, lobte er, als er sah, dass sie bereits fertig war. »Ich schreib nur Quatsch auf, merkt Pierce ja sowieso nicht.«
Marie lächelte ihn kurz an, dann fuhr sie mit der Übersetzung fort. Wenige Minuten später war sie fertig. Franzi auch. Nur Kim stand etwas auf dem Schlauch. Aber den Inhalt des Artikels hatte auch sie längst verstanden. Die paar Vokabeln, die sie nicht kannte, ergaunerte sie sich von Marie und lehnte sich zufrieden zurück.
An diesem Vormittag traf es einen der Surfer-Typen. Maulend kam er Pierce' Aufforderung nach und las den übersetzten Text vor: »Skandal auf der Rennbahn – Verbrechen aus Liebe?«, dozierte er gelangweilt die Schlagzeile. »Dem berühmten Rennstallbesitzer Charles McClow wird vorgeworfen, beim King-George-Rennen am vergangenen Samstag das Rennen der Gruppe I, in der ein Hengst aus seinem Stall als Favorit antrat, manipuliert zu haben. Er benutzte den Jockey Justin Stevens für seinen finsteren Plan. Stevens hat das die Karriere gekostet. Walnuss, der in Bestform war …«
»Chestnut ist der Name des Pferdes«, unterbrach ihn Pierce. »Namen bitte nicht übersetzen! Und außerdem ist *chestnut* das englische Wort für ›Kastanie‹ und nicht für ›Walnuss‹.«

Der Surfer-Typ maulte. »Also, noch mal: Chestnut, der in Bestform war, brach überraschend auf der Zielgeraden aus der Bahn und ging nur als Zweiter durchs Ziel. Drei junge deutsche Detektivinnen, die ein besonderes Gespür für kriminelle Schwingungen haben, ermittelten bereits in diesem Fall, bevor überhaupt ein Verbrechen geschehen war. Dank ihrer Mithilfe konnte Charles McClow gestern verhaftet werden. Er rechtfertigte seine Tat mit den Worten: ›Ich habe es aus Liebe zu meiner Tochter getan. Justins Karriere stand seiner Liebe zu meiner Tochter im Weg – ich fühle mich schuldig! Ich habe nicht nur Justin unter Druck gesetzt, sondern auch noch meine Tochter belogen.‹ Mehr über die Hintergründe zu der Tat erfahren Sie morgen an dieser Stelle.«

Jo, der sich nicht die Mühe gemacht hatte, den Text selbst zu übersetzen, klappte der Kiefer runter, nachdem das letzte Wort vorgelesen war. »Wow«, hauchte er und klopfte Marie anerkennend auf die Schulter. »Die drei Detektivinnen seid ihr, stimmt's?«
Marie nickte voller Stolz. Aber sie war auch enttäuscht. War das alles? Ein Kuss von ihm als Anerkennung wäre das Mindeste gewesen, was sie erwartet hätte. Rein freundschaftlich natürlich. Aber sein kumpelhafter Schulterklopfer war wie ein Stich in ihr Herz.
Marie war verwirrt. Warum verletzte sie Jos Reaktion so? Sie sah ihn an. Jo war offensichtlich in Gedanken schon wieder ganz woanders, denn er erwiderte ihren Blick nicht. Oder hatte er ihre Enttäuschung gespürt und deshalb aus Verlegenheit den Kopf geneigt? Marie ertappte sich, wie sie Jos

geschwungene Lippen sehnsuchtsvoll betrachtete. Seine leicht nach unten geneigten Mundwinkel hatten einen herrischen Zug, was ihr durchaus gefiel. Er versprach Abenteuer! Und die richtige Dosis an Ernsthaftigkeit. Die Form seines Mundes stand in einem sehr anziehenden Kontrast zu seinen schelmisch blitzenden Augen. Maries Gedanken flogen ihr nur so davon. Zum ersten Mal merkte sie, wie wohl sie sich in Jos Nähe fühlte. Am liebsten hätte sie die Hand ausgestreckt und ihm durch die Haare gewuschelt. Sie fragte sich seufzend, wie es sich wohl anfühlen würde, ihn zu küssen.

Das Ende des Unterrichtes konnte Marie kaum erwarten. Sie musste unbedingt ihren beiden Freundinnen erzählen, was eben mit ihr passiert war. Sonst würde sie platzen! Sie war noch immer völlig durcheinander, als Pierce den Schulunterricht endlich für beendet erklärte.

Weder Franzi noch Kim hatten Zeit für Marie. Sie sausten wie von der Tarantel gestochen ins Hotel und ließen Marie zurück. Woher hätten sie auch wissen sollen, dass Marie soeben die Erleuchtung des Sommers hatte?

Franzi wollte unbedingt eine lange E-Mail an Benni schreiben und Kim hatte Michi versprochen, gleich nach dem Unterricht mindestens hundert Stunden mit ihm zu telefonieren.

»Geh doch mit Jo an den Strand, wir kommen dann nach!«, rief Kim Marie zu.

»Aber nicht wieder das Wasser vertreiben«, scherzte Franzi.

»Das macht nicht Marie, das machen die Gezeiten!«, rief Jo ihnen flapsig hinterher und stand ebenso verloren vor dem Footballplatz wie Marie.

Keine zehn Minuten später ließ sich Kim auf ihr Bett fallen, stärkte sich noch rasch mit zwei Schokoriegeln und klappte dann ihr Handy auf.

Schon Michis zögerliches »Hallo, Kim« klang kalt und abweisend. Oh, oh, der hat ja miese Laune, dachte Kim und versuchte, ihn lachend aufzumuntern. Ihre Frage, wie es ihm gehe, beantwortete er mit einem knappen »Gut«. Das Gespräch drohte, ein Fiasko zu werden. Dabei hatte Kim sich doch so gefreut, seine Stimme zu hören. Am liebsten wäre sie sofort in den nächsten Flieger gestiegen und hätte sich in seine Arme geworfen. Irgendetwas war zwischen ihnen, außer der Distanz von mehreren hundert Kilometern und dem Meer. Sie bohrte so lange, bis Michi endlich mit der Sprache rausrückte.

»Wer ist Clark?«, fragte er schließlich in einem so scharfen Ton, dass Kim fast das Handy aus der Hand gerutscht wäre. Dann brach sie in schallendes Gelächter aus und holte tief Luft. Hatte Michi wirklich geglaubt, Clark sei ihre Sommerliebe? Tja, so kann sich also auch Michi täuschen. Sie erzählte ihm ausführlich von ihrem gelösten Fall. Es dauerte ewig, bis Michi wieder zu Wort kam. Sie beendete ihren Bericht mit den Worten: »Ohne Clark hätten wir das niemals geschafft! Er ist ein so feiner alter Herr. Ein echter englischer Gentleman!«

Michis erleichterter Seufzer war bestimmt bis Timbuktu zu hören. »Und warum hat Mr McClow das alles gemacht? Ich kapiere das nicht!«, sagte er.

»Also!« Kim holte erneut tief Luft. »Das ist die größte Liebesgeschichte der Welt, natürlich nach Romeo und Julia. Abbey

McClow, die Tochter des Rennstallbesitzers, war mal mit Justin Stevens zusammen. Sie waren ein Liebespaar! Aber ihr Vater hat die Beziehung sabotiert, weil er sich für seine Tochter einen Mann wünschte, der nichts mit dem Rennsport zu tun hat. Er hasste den Pferdesport, nachdem er gemerkt hatte, dass es nur um Macht und Geld ging. Mit der Freude an dem Sport an sich und an den Tieren hatte das wohl nicht viel zu tun. Es ging immer nur um Wetten, Quoten und Geld. Das widerte ihn an. An der Seite eines Jockeys sah er seine Tochter nicht glücklich werden. Deshalb war er gegen die Liebe der beiden. Irgendwie hat er es geschafft, Justin immer mehr in den Rennsport zu treiben. Er nahm ihn zwar auf wie einen eigenen Sohn, puschte aber auch seine Karriere als Jockey ohne Rücksicht auf Justins Gefühle für Abbey. Je mehr Zeit Justin auf der Rennbahn verbrachte, desto weniger Zeit blieb ihm für Abbey. Abbey beendete dann die Beziehung, weil Justin viel zu wenig Zeit für sie hatte. Er reiste stattdessen von einem Rennen zum nächsten. Und er trainierte wie ein Besessener. Aber Abbey hat gelitten. Sie liebte Justin noch immer. Ihre Trauer um das Ende der Beziehung ließ sie immer stiller werden. Das wiederum bekam auch ihr Vater mit. Es schmerzte ihn, seine Tochter so unglücklich zu sehen. Dabei wollte er doch nur ihr Bestes. Er konnte vor ihr nicht zugeben, dass er ihre große Liebe zerstört hatte. Also fasste er einen neuen Plan. Er wollte Justins Karriere ruinieren, damit er wieder Zeit für Abbey hatte. Dass Mr McClow damit Justins Leidenschaft für den Pferdesport völlig ignorierte, sah er nicht. Justin war erneut zum Spielball von Mr McClow geworden. Mr McClow setzte

Justin unter Druck. Er erzählte ihm, dass sein Rennstall *Success Estate* vor dem finanziellen Ruin stand. Und Justin, aufgenommen wie ein eigener Sohn, müsse ihm helfen, schnell zu viel Geld zu kommen. Die hohe Gewinnsumme in Ascot, die bei einem Sieg von Chestnut ausgeschüttet worden wäre, würde niemals ausreichen, um alle angeblichen Schulden zu decken. Zumal Mr McClow die Gewinnsumme mit dem Besitzer von Chestnut hätte teilen müssen. Das wusste auch Justin, der ihm die Geschichte mit dem verschuldeten Gut abkaufte. Da war bei einer guten Quote und einem überraschenden Sieg von Nightflyer weitaus mehr Geld rauszuholen. Justin fühlte sich in der Pflicht. Allein schon wegen Abbey, die den Verlust von *Success Estate* niemals verkraften würde. Sie liebt das Anwesen sehr. Und Justin liebt Abbey noch immer. Also willigte er ein und sagte, er würde bei dem Rennen am *King George Day* Chestnut zurückhalten, damit er nicht als Sieger durchs Ziel läuft. Diesen einen Satz von ihm hat Mr McClow aufgezeichnet. Nur diesen einen Satz! Das ist so unglaublich!« Kim musste wieder nach Luft schnappen. »Der Jockeyclub hörte sich die Aufnahme von Mr McClow an und fällte sein Urteil, bevor wir sagen konnten, was wir wussten. Für sie war Justin ein Betrüger. Aber die haben nicht mit den drei !!! gerechnet!«

Michi war schwer beeindruckt. Aber eines verstand er nicht. »Was hatte dieser Tony damit zu tun? So hieß doch der Junge, der Franzi entführt hat, oder?«

»Ach, Tony.« Kims Stimme bekam einen belustigten Unterton. »Der war auch bloß Mittel zum Zweck. Hätte Mr McClow selbst eine so hohe Summe gegen sein eigenes Pferd gesetzt, wäre der Jockeyclub sicherlich aufmerksam geworden. Sie hätten weitere Fragen gestellt, die Mr McClow als Wettbetrüger entlarvt hätten. Und da Justin nicht gegen sein eigenes Pferd wetten darf, sondern nur auf Sieg setzen kann, musste der dumme Tony einspringen und auf Nightflyer setzen. Diese ganze Wetterei war eigentlich nur ein Ablenkungsmanöver. Justin sollte an die Geschichte mit dem vor dem Ruin stehenden Rennstall glauben. Das hat er dann ja auch. In Wahrheit ging es Mr McClow nur um Justins Karriereende, nicht um das Geld.«

»Gut durchdacht«, lobte Michi den Plan von Mr McClow. »Aber er hat nicht mit meiner äußerst cleveren Kim gerechnet!«

»Hey, ich habe den Fall nicht alleine gelöst. Ohne Franzi und Marie, Clark und Margaret hätte ich das nie geschafft. Wir sind ein Team. Ein unschlagbares Team!«

Nach diesem langen und sehr teuren Telefonat mit Michi kuschelte Kim sich in ihre Decke und ließ die vergangenen Tage noch einmal wie einen Film durch ihren Kopf laufen. Sie war müde und erschöpft. Selbst der Gedanke, was nun aus Tony, Mr McClow, Abbey und Justin werden würde, hielt sie nicht vom Einschlafen ab. Bevor sie für ein, zwei Stunden ins Land der Träume reiste, dachte sie nur noch: Sie werden alle ihre gerechte Strafe bekommen. Und selbst wenn Justin niemals wieder ein Rennen reiten würde, Mr McClow hat gesagt, er würde einen großen Teil seines Vermögens Abbey überschreiben, damit sie und Justin sich etwas Neues aufbauen können. Alles wird gut, murmelte Kim und schlief ein.

Putzmunter und energiegeladen marschierte sie am Abend mit Franzi zum Pier. Sie hatten sich mit Marie verabredet, die den Tag dann doch alleine mit Jo am Strand verbracht hatte.
Nach einem kurzen Bummel über den Pier wollten sie noch mit Clark und Margaret essen gehen. Schließlich hatten sie etwas zu feiern: einen erfolgreich gelösten Fall!

Marie bekam gar nicht mit, dass ihre Freundinnen auf den Pier kamen. Sie stand mit Jo an der Brüstung unter der Lichterkette und schaute aufs Meer. Die Sonne ging bereits hinter *Beachy Head* unter, als Jo sie dicht an sich zog und ihr tief in die Augen sah. Verwirrt hielt sie seinem Blick stand. Die Funken sprühten und Maries Gedanken drehten sich. In ihrem Bauch breiteten hunderte Schmetterlinge zaghaft ihre Flügel aus und begannen zu schwirren. Im nächsten Moment spürte sie Jos warme, weiche Lippen auf ihren. Sie wünschte, dieser Moment würde nie vergehen. Jetzt wusste sie, wie es sich anfühlte, ihn zu küssen: federwolkenleicht. Sie öffnete die Augen und schmolz dahin, als ihre Blicke sich trafen und er zärtlich seine Hand um ihren Nacken legte und sie ganz fest an sich drückte. Ihre Herzen schienen sich zu berühren, so nah war sie ihm.

Franzi und Kim blieb die Luft weg, als sie mitten in diese Szenerie traten. Kim lächelte still in sich hinein. Hätte ich vorhin nicht so ein süßes Gespräch mit Michi gehabt, wäre ich jetzt neidisch. Aber ich weiß, dass auch er mich wieder so küssen wird. Ja, sie war sicher, dass er sie liebte. Sooo süß,

wie er sich am Ende des Telefonates von ihr verabschiedet hatte, waren bei Kim keine Zweifel geblieben.
Franzi fand ihre Sprache als Erste wieder.
»Und, haben seine braunen Augen endlich auch dein Herz erreicht, Marie?«, fragte sie erleichtert.
»Sie sind nicht braun!« Marie löste sich aus Jos Umarmung. »Im Sonnenlicht sind sie turmalingrün!«, antwortete sie trocken.
»Im Sonnenlicht. Dass ich nicht lache«, sagte Franzi spitz und tippte gegen eine der Glühbirnen der Lichterkette.

Jo ignorierte Kim und Franzi einfach, legte seine Arme um Maries Taille und sagte: »Die sind ja nur neidisch.« Dann küsste er sie noch einmal und noch einmal und noch einmal.
F-E-D-E-R-W-O-L-K-E-N-L-E-I-C-H-T!
F-E-D-E-R-W-O-L-K-E-N-L-E-I-C-H-T war das Letzte, woran Marie dachte, bevor sie – wie auf Federn eben – gen Wolke sieben schwebte.